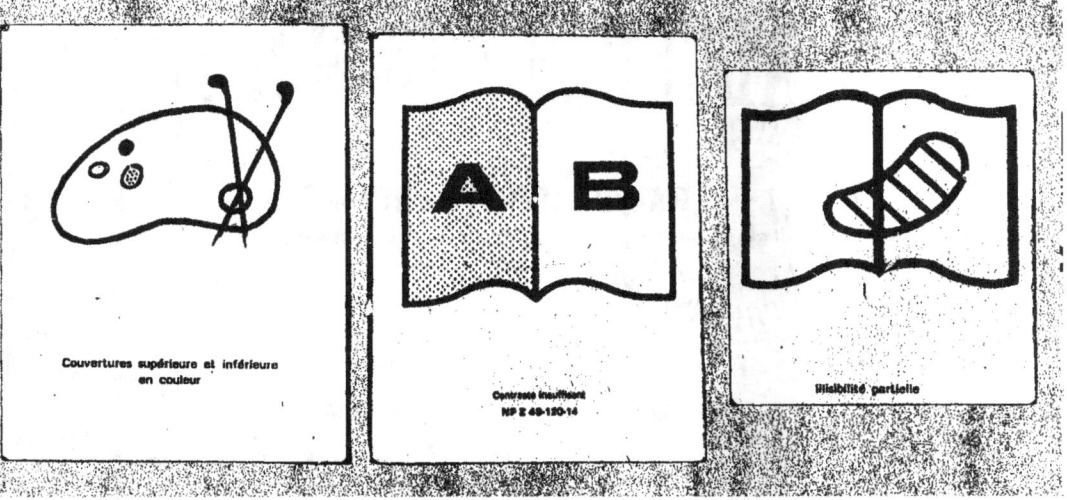

Couvertures supérieure et inférieure
en couleur

Contraste insuffisant
NF Z 49-120-14

Illisibilité partielle

BIBLIOTHÈQUE DU LYCÉEN
Traductions littérales d'auteurs classiques
A L'USAGE DES LYCÉES ET COLLÈGES

LUCIEN

DIALOGUES DES MORTS

TRADUCTION FRANÇAISE
SOIGNEUSEMENT REVUE ET CORRIGÉE

PAR

L. FRAÏSSÉ

PROFESSEUR AGRÉGÉ AU LYCÉE DE MARSEILLE

Programme 1890 — Classe de Quatrième

MARSEILLE
LIBRAIRIE LAFFITTE
1, BOULEVARD DU MUSÉE, 1

1894

BIBLIOTHÈQUE DU LYCÉEN

Traductions littérales d'auteurs classiques

A L'USAGE DES LYCÉES ET COLLÈGES

Ne rien omettre, ne rien mettre.
(Chassang)

EN VENTE :

Cl. de 3e **Homère** — Iliade, Ch. Ier, trad. littér. et mot à mot, par M. B... et trad. franç. de THOMAS.. Fr. 0 60

Id. **Homère** — Odyssée, Ch. I et II, trad. litt. et mot à mot, par M. B.................... » 0 60

Cl. de 4e **Lucien** — Dialogues des Morts, trad. litt. et mot à mot, par M. L. FRAÏSSE......... » 0 60

Cl. de 5e **Phèdre** — Fables, trad. litt. et mot à mot, par M. M......................... » 0 60

Cl. de 2e **Plutarque** — Vie de Périclès, trad. RICARD, revue, avec mot à mot................. » 0 60

Cl. de 4e **Virgile** — Enéide, liv. I et II, trad. litt. mot à mot, par M. B.................... » 0 60

Cl. de 2e **Xénophon** — Anabase, liv. I, II et III, trad. litt. par M. B...................... » 0 60

EN PRÉPARATION :

César — **Cicéron**, Catilinaires — **Cornélius Népos** — **Horace**, Odes et Épodes — **Lhomond**, De viris — **Ovide** — **Salluste** — **Tacite**, Agricola — **Térence**, Adelphes — **Euripide** — **Sophocle**, etc.

Envol franco par poste, contre le montant

DIALOGUES

DES MORTS

DE LUCIEN

TABLE DES MATIÈRES

Cette traduction a été établie sur l'excellente édition classique
donnée par M. GUSSE,* agrégé de l'Université, à laquelle nous
avons cru utile d'ajouter les trois derniers dialogues.

————————

(*) avec Lexique et Notes en français. Paris, GARNIER
FRÈRES, Éditeurs, 6, rue des Saints-Pères et dans toutes les
librairies classiques. Prix 1 fr.

LUCIEN

DIALOGUES

DES MORTS

TRADUCTION FRANÇAISE
SOIGNEUSEMENT REVUE ET CORRIGÉE

PAR

L. FRAÏSSÉ

PROFESSEUR AGRÉGÉ AU LYCÉE DE MARSEILLE

MARSEILLE
LIBRAIRIE LAFFITTE
1, BOULEVARD DU MUSÉE, 1

1894

AVIS

Pour faciliter l'emploi de ces traductions, et bien qu'elles se rapprochent le plus possible du texte, nous avons ajouté *entre crochets* et *en italiques* l'explication mot à mot, toutes les fois qu'elle nous a paru nécessaire pour fixer le sens ou le compléter.

Les mots simplement *en italiques* ont été ajoutés pour éclaircir le sens et suppléer à ce qui n'est que sous entendu dans le texte.

Marseille. — Typ. et Lith. BARLATIER & BARTHELET, rue Venture, 10.

LUCIEN DE SAMOSATE

ANALYSE LITTÉRAIRE

(EXTRAITE DE SCHŒLL.)

Ce qui distingue Lucien comme écrivain, c'est un génie émi-
nemment satirique, un esprit brillant, et cette espèce d'originalité que les Anglais ont appelée *humour*, et qu'aucun écrivain
de l'antiquité, si ce n'est Aristophane et Horace, et un très petit
nombre parmi les modernes, ont possédée au même degré que
lui. Son ironie ne ménage aucun travers ni aucun des préjugés
de ses contemporains, auxquels il ne cesse de faire la guerre.
Peu d'écrivains ont mieux approfondi le cœur humain ; il avait
étudié l'homme dans tous les états et dans toutes les situations.
Il prêche toujours une excellente morale, et l'éthique paraît, de
toutes les branches de la philosophie, avoir été, à ses yeux, la
plus digne d'être cultivée. Le seul reproche qu'on puisse lui
adresser, c'est de ne pas toujours savoir modérer sa satire, qui
souvent dégénère en licence. Il est aussi un peu bavard ; mais ce
défaut paraît inhérent au genre qu'il avait adopté ; il sait même
le rendre gracieux ou moins désagréable, par le grand nombre
d'anecdotes et de plaisanteries dont ses ouvrages fourmillent.

Son style, formé par l'étude des meilleurs modèles, et surtout
d'Aristophane, ne trahit jamais la province où il est né ; il est
aussi pur, aussi élégant et aussi *attique* que si Lucien avait fleuri
dans les temps classiques de la littérature grecque ; et les défauts
du siècle où il a vécu, ne percent que dans le penchant à forger
des expressions nouvelles ou à détourner les anciennes de leur
signification primitive, dont il n'a pas su se garantir entièrement, quoiqu'il s'en moque lui-même dans son *Lexicophane*. La
plupart de ses productions ont la forme de dialogue ; mais ce ne
sont pas, comme les dialogues de Platon, des dissertations mises
dans la bouche de quelques interlocuteurs, uniquement pour
couper l'uniformité d'un discours suivi. Le dialogue de Lucien
est une véritable conversation ; il est tout à fait dramatique. Il
dit lui-même qu'il a ramené sur la terre le dialogue qui s'était
perdu dans les régions de l'Empyrée, et que, le dépouillant de
son extérieur tragique, il l'a mis en contact avec la plaisanterie et

l'ancienne comédie. Au reste, les sujets que cet écrivain traite, sont variés et intéressants. L'histoire, la philosophie et toutes les sciences lui en fournissent les matériaux. Sa verve et son originalité, les bons mots, les traits ingénieux qu'il avait donnés avec profusion, la grâce, la facilité de son style, enfin le ton léger et railleur qu'il conservait toujours en parlant des choses les plus graves, ce ton qui plait tant aux esprits superficiels, procurèrent à ses ouvrages une vogue universelle. Les chrétiens eux-mêmes ne s'en interdirent point la lecture. En faveur des bonnes plaisanteries qu'il s'était permises contre les dieux et les pratiques du paganisme, ils lui pardonnèrent son indifférence complète à l'égard de toutes les opinions religieuses.

Les *Dialogues des Morts* sont au nombre de trente. Lucien peut être regardé comme l'inventeur de ce genre parmi les Grecs. Ses *Dialogues des Morts* se distinguent de ceux *des Dieux*, en ce qu'ils ont le plus souvent un but moral : aussi l'auteur y fait-il paraître ordinairement des hommes célèbres plutôt que des personnages imaginaires. Sa satire tombe surtout sur la fausse philosophie, l'hypocrisie et l'abus du pouvoir et des richesses.

Diogène de Sinope et Ménippe, son disciple, sont représentés comme des sages accomplis. Dans l'*Encan des Philosophes*, le ridicule est versé à pleines mains sur chacun des philosophes de la Grèce, et en particulier sur Socrate ; leurs doctrines sont plutôt parodiées qu'exposées. Diogène même, qui dans les Dialogues des Morts est si favorablement traité, n'échappe pas aux traits du satirique ; tous les moyens lui ont paru bons pour livrer à la risée d'une populace ignorante les hommes les plus respectables ; Pythagore, Socrate, Platon, Aristote. L'exemple d'Aristophane, qui s'est permis de pareils outrages envers Socrate ne saurait excuser cette indiscrétion et Lucien lui-même a voulu réparer ses torts dans son *Pêcheur ou les Ressuscités*. Ce morceau constitue la composition la plus élégante, la plus spirituelle, la plus éloquente de Lucien, celle dont le plan a été conçu avec le plus de sagesse, et dont l'exécution a été le mieux soignée ; en un mot, son ouvrage le plus fini, le plus riche et le plus savant. Les scènes y sont disposées avec infiniment d'art, les caractères bien soutenus, les contrastes frappants ; l'intérêt est toujours croissant et le dénouement inattendu : les philosophes, ses juges, admettent sa justification et le reconnaissent même pour un des leurs.

DIALOGUES DES MORTS

DE LUCIEN

DIALOGUE PREMIER (II)

VANITÉ DES BIENS DE LA TERRE

PLUTON OU CONTRE-MÉNIPPE

CRÉSUS. — Nous ne pouvons supporter, Pluton, que ce chien de Ménippe demeure à côté de nous ; ainsi donc, envoie-le s'établir ailleurs, ou bien nous transporterons notre domicile dans un autre endroit

PLUTON — Hé, quel mal peut-il vous faire, étant mort comme vous ?

CRÉSUS. — Lorsque nous gémissons ou que nous soupirons, nous souvenant des biens de là-haut, Midas de son or, Sardanapale de toutes ses voluptés, et moi de mes richesses, il se moque de nous et nous injurie, nous appelant esclaves et hommes vils (*ordures*) ; quelquefois même il trouble nos lamentations par ses chants ; enfin, il est insupportable.

PLUTON. — Que disent-ils là, Ménippe ?

MÉNIPPE. — La vérité, Pluton. Car je hais ces hommes lâches et perdus de débauche, à qui il ne suffit pas d'avoir mal vécu, et qui se rappellent, après leur mort, les biens de là-haut, et y sont encore attachés ; c'est pour cela que je me plais à les désoler.

PLUTON. — Il n'en faut rien faire, car les biens dont la perte les afflige sont considérables. [m. à m. *ils s'affligent privés de biens non petits*].

MÉNIPPE. — Tu es fou, aussi, Pluton, d'approuver leurs lamentations.

PLUTON. — Je ne les approuve nullement ; mais je ne voudrais pas que vous fussiez en désaccord.

MÉNIPPE. — Et pourtant, sachez bien, ô vous, les plus vils des Lydiens, des Phrygiens et des Assyriens, que je ne cesserai pas : où que vous alliez, je vous suivrai pour vous chagriner, pour chanter à vos oreilles et me moquer de vous.

CRÉSUS. — Eh quoi ! ce discours n'est-il pas un outrage ?

MÉNIPPE. — Non ; mais c'en était un que votre conduite ; c'en était un, de vouloir être adorés, et de prendre, envers des hommes libres, des airs insultants, sans jamais vous souvenir de la mort. Pleurez donc, puisque vous êtes privés de tous ces biens.

CRÉSUS. — Oui, certes, de combien de richesses, grands Dieux !

MIDAS. — Et moi, de combien d'or !

SARDANAPALE. — Et moi, de combien de voluptés !

MÉNIPPE. — Très bien ! continuez à vous lamenter, et moi je chanterai, en vous répétant sans cesse : *Connais-toi toi-même.* Car c'est là l'accompagnement qui convient le mieux à de pareils gémissements.

DIALOGUE DEUXIÈME (IV)

MERCURE FOURNISSEUR DE CHARON

MERCURE ET CHARON

MERCURE. — Ça, batelier, comptons un peu, s'il te plaît, ce que tu peux me devoir, de peur que, par la suite, nous n'ayons quelque dispute à ce sujet.

CHARON. — Comptons, Mercure ; il vaut mieux, en effet, arrêter nos comptes, pour éviter tout embarras. [m. à m. *et c'est plus commode*].

MERCURE. — Je t'ai apporté, suivant la commission que tu m'en as donnée [m. à m. *à toi ayant commandé*] une ancre de cinq drachmes.

CHARON. — Tu la fais bien chère.

MERCURE. — Par Pluton, je l'ai achetée cinq drachmes ; plus une courroie à lier les rames, deux oboles.

CHARON. — Mets cinq drachmes et deux oboles.

MERCURE. — Plus, une grande aiguille à raccommoder la voile : je l'ai achetée cinq oboles.

CHARON. — Ajoute-les.

MERCURE. — Plus, de la cire pour boucher les crevasses de ta barque, des clous, et un câble dont tu as fait une hypère ; le tout, deux drachmes.

CHARON. — Ces choses-là aussi, tu les as payées leur prix.

MERCURE. — Voilà tout, à moins que quelque chose ne nous ait échappé dans notre compte. Mais quand me promets-tu de me rendre cette somme ?

CHARON. — Pour le présent, Mercure, cela m'est impossible. Mais si quelque peste ou quelque guerre envoyait ici-bas les hommes en grand nombre, il serait possible alors de gagner sur la quantité, en fraudant les droits de péage.

MERCURE. — Je serai donc réduit [m. à m. *je resterai donc assis*] maintenant à souhaiter que les pires fléaux arrivent, afin de jouir de mon dû.

CHARON. — Il n'y a point d'autre moyen, Mercure. Les hommes, comme tu le vois, arrivent chez nous en bien petit nombre ; car la paix règne.

MERCURE. — Cela vaut mieux, quand même tu retarderais le paiement de ta dette [m. à m. *quand même la dette serait prolongée à nous par toi*]. Cependant, Charon, tu sais quels morts arrivaient autrefois ici ; tous vigoureux, pleins de sang, blessés pour la plupart. Aujourd'hui, c'est un homme empoisonné par son fils ou par sa femme, ou bien dont le ventre et les jambes sont enflés [m. à m. *enflé quant au ventre et aux jambes*] par la débauche ; car tous sont pâles, sans vigueur, et ne ressemblent en rien aux anciens [m. à m. *et nullement semblables à ceux-là*]. La plupart, à ce qu'il paraît, viennent ici en se dressant mutuellement des embûches pour avoir leurs biens.

CHARON. — C'est que ce sont là des choses très désirables.

MERCURE. — Je ne dois donc pas te paraître mal agir avec toi, et je te redemande avec un peu de dureté ce que tu me dois.

DIALOGUE TROISIÈME (V)

CHATIMENT DES COUREURS D'HÉRITAGES

PLUTON ET MERCURE

PLUTON. — Connais-tu certain vieillard, fort avancé en âge, le riche Eucrate, qui n'a point d'enfants, mais dont une foule de gens pourchassent l'héritage ?

MERCURE. — Oui, celui de Sicyone, n'est-ce pas ? Qu'en veux-tu dire ?

PLUTON. — Laisse-le vivre, Mercure, au-delà des quatre-vingt-dix ans qu'il a vécu, ajoutant même à sa vie un pareil nombre d'années, et plus encore, s'il se peut ; mais fais descendre ici tous ses flatteurs successivement, le jeune Charinus, et Damon, et les autres.

MERCURE. — Cela paraîtrait extraordinaire.

PLUTON. — Nullement ; cela serait très juste, au contraire : De quel sentiment sont-ils animés quand ils désirent [m. à m. *quelle chose ceux-ci ayant éprouvée désirent-ils*] sa mort, si ce n'est qu'ils convoitent ses biens, quoique n'étant nullement ses parents? Mais, ce qu'il y a de plus scélérat dans leur conduite c'est que, tandis qu'ils forment de pareils vœux, ils lui font ostensiblement une cour assidue : tombe-t-il malade, leurs desseins abominables percent à tous les yeux, malgré les promesses qu'ils font [m. à m. *et ils promettent cependant*] d'offrir des sacrifices s'il recouvre la santé. Enfin, leur flatterie sait se varier à l'infini. En conséquence, qu'Eucrate soit immortel, et que, longtemps avant lui, ils descendent ici-bas, après avoir inutilement attendu sa succession [m. à m. *qu'ils s'en aillent avant lui, après avoir inutilement ouvert la bouche*].

MERCURE. — Le sort de ces méchants sera vraiment risible. [m. à m. *ils souffriront des choses risibles, étant des fourbes*]. Quant à lui, il les amuse à merveille et les nourrit de belles espérances. Bref, il paraît toujours sur le point de mourir, et se porte beaucoup mieux que les jeunes gens. En vain ses flatteurs se repaissent déjà de sa succession, se la partagent en idée et se proposent de mener la vie la plus heureuse.

PLUTON. — Eh bien, qu'il dépouille sa vieillesse, comme un autre Iolas, et redevienne jeune, tandis que ceux-ci, déchus de leurs espérances et abandonnant ses richesses, dont ils n'auront joui qu'en songe, viendront au plus tôt, emportés par une mort digne de leur méchanceté [m. à m. *méchants étant morts méchamment*].

MERCURE. — Ne t'inquiète point, dans peu je te les amènerai les uns après les autres : ils sont sept, je crois.

PLUTON. — Entraîne-les ici ; Eucrate, devenu, de vieillard, un jeune adolescent, les conduira tous au tombeau.

DIALOGUE QUATRIÈME (VII)

L'EMPOISONNEUR EMPOISONNÉ

ZÉNOPHANTE ET CALLIDÉMIDE

ZÉNOPHANTE. — Et toi, comment es-tu mort, Callidémide? Pour moi, qui étais le parasite de Dinias, j'ai été suffoqué en mangeant plus que de raison. Tu le sais, car tu étais présent à ma mort.

CALLIDÉMIDE. — Il est vrai, j'y étais présent. Mon aventure, à moi, est tout à fait étrange. Tu connais peut-être, toi aussi, le vieillard Ptéodore ?

ZÉNOPHANTE. — Cet homme riche et sans enfants avec lequel tu étais étroitement lié ? [avec *lequel je savais toi étant la plupart du temps*].

CALLIDÉMIDE. — Celui-là même. Je lui faisais la cour avec assez d'assiduité : il m'avait même promis de me faire son héritier [m. à m. *de mourir pour moi*] ; mais comme cette affaire commençait à tirer en longueur et que le vieillard vivait plus que Tithon, j'imaginai de prendre un chemin raccourci pour arriver à sa succession : j'achetai du poison, et j'engageai l'échanson de Ptéodore à le mêler dans sa coupe, et à le lui présenter dès qu'il demanderait à boire (or, ce vieillard boit largement) ; je l'assurai, avec serment, que, s'il le faisait, je lui donnerais la liberté. [m. à m. *je le renverrais libre*].

ZÉNOPHANTE. — Eh bien, qu'est-il arrivé ? Tu sembles vouloir dire quelque chose de fort extraordinaire.

CALLIDÉMIDE. — Lorsque nous revînmes du bain, le jeune homme qui tenait les deux coupes toutes prêtes, l'une pour Ptéodore, celle qui contenait le poison, l'autre pour moi, me présenta, je ne sais par quelle erreur [m. à m. *s'étant trompé je ne sais comment*], la coupe empoisonnée, et remit l'autre [m. à m. *celle sans poison*] à Ptéodore. Lui avala d'un trait. Mais moi je tombais aussitôt à la renverse, expirant à la place du vieillard [m. à m. *mort substitué au lieu de celui-là*]. Eh quoi ! tu ris, Zénophante ! Tu ne devrais pas, ce me semble, te moquer d'un homme qui fut ton ami.

ZÉNOPHANTE. — C'est que ton aventure est tout à fait plaisante [m. à m. *tu as souffert des choses risibles*]. Et que fit à cela le vieillard ?

CALLIDÉMIDE. — D'abord, il fut troublé d'un effet si subit ; mais bientôt, ayant compris, je crois, ce qui s'était passé, il se mit à rire lui-même du tour que m'avait joué son échanson.

ZÉNOPHANTE. — Il ne fallait pas, aussi, prendre le chemin le plus court ; car l'héritage te serait arrivé plus sûrement par la grand'route, quoique un peu plus tardivement.

DIALOGUE CINQUIÈME (XI)
DU MÉPRIS DES RICHESSES

DIOGÈNE ET CRATÈS

CRATÈS. — As-tu connu, Diogène, le riche Mœrichus ? ce Corinthien opulent, qui possédait plusieurs vaisseaux et auquel son cousin Aristée, fort riche aussi lui-même, avait coutume de dire ce mot d'Homère : « ou tu m'enlèveras, ou je t'enlèverai. »

DIOGÈNE. — Pourquoi me fais-tu cette question ?

CRATÈS. — Ils se courtisaient mutuellement, dans l'espérance d'hériter l'un de l'autre. Tous deux étaient de même âge ; tous deux avaient exposé leur testament au grand jour. Mœrichus, dans le cas où il mourrait le premier, envoyait Aristée en possession de tous ses biens, et de même Aristée laissait tous ses biens à Mœrichus, s'il décédait avant lui. Voilà ce que portaient leurs testaments ; en conséquence, ils se faisaient mutuellement la cour et cherchaient à se surpasser en flatterie. Les devins qui prédisent l'avenir, soit d'après le cours des astres, soit d'après les songes, comme les Chaldéens, et aussi Apollon lui-même, accordaient la victoire, tantôt à Aristée, tantôt à Mœrichus : la balance penchait un jour pour celui-ci, le lendemain pour celui-là.

DIOGÈNE. — Quelle a été l'issue de ce combat, Cratès ? Cela paraît curieux à savoir.

CRATÈS. — Tous deux sont morts le même jour ; et leurs héritages ont passé à Eunomius et Thrasyclès, leurs parents, qui ne s'étaient jamais promis que les choses tourneraient de la sorte. Les deux cousins, en traversant la mer de Sicyone à Cirrha, ont été surpris, au milieu du trajet, par un coup de vent [m. à m. *étant tombés sur le Iapyx oblique*], et ils ont fait naufrage.

DIOGÈNE. — C'est bien fait. Pour nous, lorsque nous vivions, nous étions bien éloignés de former, à l'égard l'un de l'autre, aucun projet semblable. [m. à m. *nous ne méditions rien de tel l'un sur l'autre*]. Jamais je n'ai souhaité qu'Antisthène mourût pour hériter de son bâton. (Cependant, il en avait un vigoureux, fait d'olivier franc). Et je ne pense pas que tu aies jamais désiré ma mort pour posséder mes biens [m. à m. *tu ne désirais pas hériter les biens de moi étant mort*], je veux dire mon tonneau et ma besace qui contenait deux chénices de pois chiches.

CRATÈS. — Je n'avais pas besoin, en effet, non plus que toi, Diogène, de faire de pareils vœux. Ce qui était nécessaire, nous l'avions hérité, toi d'Antisthène, et moi de toi, héritage bien préférable à l'empire des Perses, et mille fois plus noble.

DIOGÈNE. — Et c'était ?

CRATÈS. — La sagesse, la modération, la vérité, la franchise et la liberté.

DIOGÈNE. — Oui, je me souviens que ce fut là la richesse que je reçus d'Antisthène : je te la laissai après l'avoir augmentée.

CRATÈS. — Cependant, les autres hommes négligeaient de pareilles possessions : aucun ne nous faisait la cour, dans l'espoir [m. à m. *espérant*] de devenir nos héritiers. Tous n'avaient les yeux fixés que sur l'or.

DIOGÈNE. — Naturellement : ils n'étaient pas en état de recevoir [m. à m. *ils n'avaient pas où recevoir*] de nous des richesses de cette nature, entièrement criblés par la volupté, semblables à des bourses sans fond : en sorte que, si on eût jeté en eux la sagesse, ou la franchise, ou la vérité, elle serait tombée par terre, le fond ne pouvant la retenir. C'est ce qu'éprouvent les Danaïdes, qui versent de l'eau dans un tonneau percé : mais, pour l'or, ils le gardent avec leurs dents, avec leurs ongles, et par tous les moyens possibles.

CRATÈS. — Aussi, nous, garderons-nous nos richesses : tandis que les autres viendront n'apportant qu'une obole ; encore ne passe-t-elle pas le batelier.

DIALOGUE SIXIÈME (XVIII)

VANITÉ DE LA BEAUTÉ TERRESTRE

MÉNIPPE ET MERCURE

MÉNIPPE. — Où sont donc les beaux et les belles ? Sers-moi de conducteur, Mercure ; je suis un étranger nouvellement arrivé.

MERCURE. — Oh ! je n'ai pas le temps, Ménippe ; mais regarde de ce côté, à ta droite, là où se trouvent Hyacinthe, et Narcisse, et Nirée, et Achille, et Tyro, et Hélène, et Léda, et enfin toutes ces beautés si fameuses dans l'antiquité.

MÉNIPPE. — Je ne vois que des os, des crânes, des squelettes dépouillés de leur chair, et qui se ressemblent tous.

MERCURE. — Ce sont là cependant les merveilles que tous vos poètes admirent, ces mêmes os pour lesquels tu ne parais avoir que du mépris.

MÉNIPPE. — Mais montre-moi Hélène ; car je ne saurais la reconnaître.

MERCURE. — Tiens, c'est ce crâne là.

MÉNIPPE. — Eh quoi ! c'est pour cela que la Grèce a équipé mille vaisseaux [m. à m. *que mille vaisseaux ont été remplis de toute la Grèce*] ; que tant de Grecs et de barbares ont péri ; que tant de villes ont été renversées !

MERCURE. — Oui : mais tu n'as pas vu cette femme quand elle était en vie ; tu aurais dit alors, toi aussi, qu'il était bien naturel d'

Endurer de longues souffrances pour une telle femme.

De même aussi, si l'on voit des fleurs desséchées et qui ont perdu leur couleur, il est certain qu'elles paraîtront sans beauté ; cependant, lorsqu'elles sont fraîches et qu'elles ont leur coloris, elles sont très faibles.

MÉNIPPE. — Et voilà justement, Mercure, ce qui m'étonne, que les Grecs n'aient pas compris qu'ils n'entreprenaient tant de travaux [m. à m. *qu'ils peindient*] que pour une fleur passagère, qui se fane promptement.

MERCURE. — Je n'ai pas le temps de philosopher avec toi, Ménippe ; choisis la place où tu veux être et t'y couche : moi, je vais chercher d'autres morts.

DIALOGUE SEPTIÈME (XXI)
ARRIVÉE DE SOCRATE AUX ENFERS
MÉNIPPE ET CERBÈRE

MÉNIPPE. — Cerbère (car je suis ton parent, étant chien comme toi), dis-moi, je t'en conjure par le Styx, quelle contenance faisait Socrate lorsqu'il descendit dans votre séjour ? Comme dieu, tu ne dois pas seulement savoir aboyer, mais parler aussi, quand il te plaît, le langage des humains.

CERBÈRE. — Tant qu'il fut éloigné, Ménippe, il semblait absolument s'avancer d'un air résolu, paraissant ne pas redouter le moins du monde la mort, et voulant le faire croire à ceux qui se tenaient en dehors des enfers ; mais, quand il eut penché la été dans l'intérieur du gouffre, et qu'il eut aperçu les ténèbres, et que j'eus tiré par en bas, en le mordant au pied, notre homme que la ciguë engourdissait encore, il pleura comme un enfant, regrettant ses petits marmots et ne sachant plus que devenir.

MÉNIPPE. — Ce n'était donc qu'un sophiste, qui n'avait pas réellement pour la mort le mépris qu'il affectait ?

CERBÈRE. — Non, il ne l'avait pas ; mais comme il voyait qu'elle était inévitable, il faisait le brave, pour ne pas avoir l'air de céder malgré lui au sort qu'il lui fallait nécessairement subir, et pour s'attirer l'admiration des spectateurs. En général, Ménippe, j'en pourrais dire autant de tous les hommes de cette espèce : tant qu'ils ne sont qu'à l'entrée du gouffre, ils font voir de la résolution et du courage ; mais une fois tombés dedans, on les connaît alors [m. à m. *les choses du dedans sont un indice certain*].

MÉNIPPE. — Et moi, Cerbère, comment m'as-tu trouvé, quand je suis descendu ici ?

CERBÈRE. — Tu es le seul, depuis Diogène, qui se soit montré vraiment digne de ta profession. Car vous êtes entrés tous deux de bonne grâce, sans qu'il ait fallu vous y contraindre ou vous pousser, riant toujours, et laissant les gémissements aux autres.

DIALOGUE HUITIÈME (XXII)

MÉNIPPE N'A PAS UNE OBOLE

CHARON, MÉNIPPE ET MERCURE

CHARON. — Paie-moi, coquin, le prix du passage.

MÉNIPPE. — Crie, si cela te fait plaisir.

CHARON. — Paie-moi, te dis-je, pour t'avoir fait passer le Styx.

MÉNIPPE. — Tu ne saurais rien avoir de quelqu'un qui n'a rien.

CHARON. — Y a-t-il quelqu'un qui ne possède pas une obole ?

MÉNIPPE. — J'ignore s'il en est quelque autre ; mais moi je ne la possède pas.

CHARON. — Par Pluton, je vais te prendre à la gorge, si tu ne me paies pas tout à l'heure.

MÉNIPPE. — Et moi, avec ce bâton, je vais te fendre la cervelle.

CHARON. — Auras-tu donc fait en vain un si long trajet ?

MÉNIPPE. — Eh bien, que Mercure te paie, lui qui m'a remis entre tes mains.

MERCURE. — Par Jupiter ! je serais bien avancé, si je devais encore payer pour les morts.

CHARON. — Oh ! je ne te lâcherai pas.

MÉNIPPE. — En ce cas, attache ici ta barque, et attends. Comment veux-tu recevoir ce que je n'ai pas ?

CHARON. — Mais toi, ignorais-tu qu'il fallait apporter ici une obole ?

MÉNIPPE. — Je le savais bien, mais je ne l'avais pas ; fallait-il, pour cela, que je ne meure point ?

CHARON. — Pourras-tu donc, seul parmi les hommes, te vanter d'avoir fait la traversée sans payer ?

MÉNIPPE. — Pas sans payer, mon ami : j'ai vidé la sentine, mis la main à la rame, et, seul de tous les passagers, je ne pleurais point.

CHARON. — Cela n'a rien à voir avec le prix du passage : il faut absolument que tu me donnes une obole ; car il n'est pas juste qu'il en soit autrement.

MÉNIPPE. — Eh bien, ramène-moi dans le séjour des vivants [m. à m. *à la vie*].

CHARON. — Tu plaisantes, je pense ; tu veux apparemment que je me fasse battre par Éaque [m. à m. *afin que, pour cela, je reçoive des coups*].

MÉNIPPE. — Alors ne m'importune pas.

CHARON. — Montre-moi ce que tu portes dans ta besace.

MÉNIPPE. — Des lupins, si tu en veux, et le souper d'Hécate.

CHARON. — D'où nous as-tu amené ce chien, Mercure ! Comme il bavardait, pendant la traversée ! Il se moquait de tous les passagers, les tournait en ridicule ; et, seul, il chantait, tandis que tous les autres pleuraient.

MERCURE. — Tu ne sais pas, Charon, quel est celui que tu viens de passer ? c'est un homme véritablement libre, qui ne se soucie de personne : c'est Ménippe enfin.

CHARON. — N'empêche que si jamais je t'y prends !

MÉNIPPE. — Si tu m'y prends ! oh, mon ami, on ne s'y laisse pas prendre deux fois.

DIALOGUE NEUVIÈME (VIII)

L'AVIDITÉ PRISE DANS SES PROPRES FILETS

CNÉMON ET DAMNIPPE

CNÉMON. — Voilà bien le proverbe, *le faon a vaincu le lion*.

DAMNIPPE. — De quoi es-tu irrité, Cnémon ?

CNÉMON. — Tu demandes de quoi je suis irrité ? Trompé misérablement, j'ai laissé pour héritier celui que je ne voulais pas, et j'ai omis ceux que j'aurais le plus désiré voir possesseurs de mes biens.

DAMNIPPE. — Et comment cela est-il arrivé ?

CNÉMON. — Je faisais la cour, en vue de sa mort, à Hermolaüs, vieillard fort riche et sans enfants ; il paraissait même recevoir mes soins avec plaisir. Je crus faire un merveilleux coup d'adresse [m. à m. *cela me parut être habile*], de mettre en pleine lumière mon testament, dans lequel je lui léguais toute ma fortune ; j'espérais que, piqué d'émulation, il en ferait autant.

DAMNIPPE. — Qu'a-t-il donc fait ?

CNÉMON. — Ce qu'il a pu écrire dans le sien, je l'ignore ; car je suis mort subitement de la chute d'un toit [m. à m. *le toit étant tombé sur moi*]. Et maintenant Hermolaüs possède tous mes biens, tel qu'un loup marin, qui a dévoré l'amorce et l'hameçon.

DAMNIPPE. — Et toi même aussi, le pêcheur : te voilà donc pris dans tes propres filets.

CNÉMON. — Je le vois bien [m. à m. *je semble*], et c'est pour cela que je me désole.

DIALOGUE DIXIÈME (XXIV)

ORGUEIL DE MAUSOLE

DIOGÈNE ET MAUSOLE

DIOGÈNE. — Carien, de quoi es-tu si fier, et pourquoi veux-tu qu'on te rende plus d'honneur qu'à nous tous ?

2

MAUSOLE. — Mais d'abord, Sinopien, à cause de ma royauté ; car j'ai régné sur toute la Carie, et sur une partie de la Lydie [m. à m. *sur quelques Lydiens*]: j'ai soumis plusieurs îles, et suis venu jusqu'à Milet en rangeant la plus grande partie de l'Ionie sous mes lois. D'ailleurs, j'étais beau, de haute taille, brave guerrier. Mais, le point le plus important, c'est que je possède dans Halicarnasse un tombeau d'une grandeur immense et tel qu'aucun mort n'en a jamais eu de si vaste ni de si magnifique [m. à m. *de si achevé en beauté*]; les statues d'hommes et de chevaux en sont si parfaitement travaillées, et d'un si beau marbre, qu'on ne pourrait facilement trouver un temple qui lui fût comparable. Eh bien, crois-tu, d'après cela, que je n'aie pas quelque raison d'être fier ?

DIOGÈNE. — A cause de ta royauté, dis-tu, de ta beauté et de la masse énorme de ton tombeau ?

MAUSOLE. — A cause de cela même, par Jupiter !

DIOGÈNE. — Mais, beau Mausole, tu n'as plus ni cette force, ni cette beauté. Si nous prenions un juge pour la beauté, je ne vois pas en quoi ton crâne pourrait être préféré au mien : tous deux sont chauves et nus. Nous montrons tous deux les dents, nous avons perdu les yeux, nos nez sont camus. Quant à ce tombeau, avec ces pierres magnifiques, il pourra peut-être servir aux habitants d'Halicarnasse à le montrer aux étrangers, et à s'attirer de la considération, comme possesseurs d'un superbe édifice; mais, pour toi, pauvre Mausole, je ne vois pas quel fruit tu en retires, si ce n'est de pouvoir dire que tu portes plus lourd fardeau que nous, accablé sous le poids énorme de ces pierres.

MAUSOLE. — Quoi ! tout cela me serait inutile, et Mausole serait l'égal de Diogène ?

DIOGÈNE. — L'égal ? non pas, mon ami : Car Mausole gémira en se rappelant ces biens terrestres, au milieu desquels il croyait être heureux, et Diogène se moquera de lui. L'un vantera le tombeau qu'Artémise, son épouse et sa sœur, lui a fait élever dans Halicarnasse, tandis que Diogène ne sait pas même si son corps est renfermé dans un cercueil ; car il ne s'en est jamais inquiété. Mais, ayant vécu en homme de cœur, il a légué le souvenir de sa vie aux gens vertueux; et ce souvenir est plus noble que ton monument, vil esclave de Carie, et posé sur des fondements bien plus solides.

DIALOGUE ONZIÈME (XXIX)

AJAX NE PARDONNERA JAMAIS A ULYSSE

AJAX ET AGAMEMNON

AGAMEMNON. — Si, dans un accès de fureur, tu t'es donné la mort, et si tu as failli nous la donner à tous, pourquoi en accuser Ulysse ? Et pourquoi, dernièrement, n'as-tu pas daigné seulement le regarder, lorsqu'il vint ici consulter l'oracle ? et pourquoi n'as-tu pas jugé à propos de parler à ce héros, qui fut autrefois ton ami et ton compagnon de guerre, et t'es-tu éloigné de lui fièrement en marchant à grands pas ?

AJAX. — Et je fis bien, Agamemnon. Lui seul fut la cause de ma fureur en me disputant les armes d'Achille.

AGAMEMNON. — Voulais-tu les obtenir sans concurrent, et l'emporter sans combat sur tous les Grecs ?

AJAX. — Oui, du moins en pareille matière. Ces armes m'appartenaient, en effet, puisqu'elles étaient celles de mon cousin : d'ailleurs, vous tous, qui étiez bien plus braves que lui, vous avez renoncé à la lutte, et vous me les avez abandonnées, tandis que le fils de Laërte, que mille fois je sauvai du péril d'être taillé en pièces par les Phrygiens, osa prétendre qu'il était plus brave que moi, et qu'il méritait mieux de porter ces armes.

AGAMEMNON. — Accuse-s-en donc Thétis, qui, au lieu de te livrer cet héritage, à toi le cousin d'Achille, vint le déposer au milieu du camp.

AJAX. — Non ; je n'en accuse qu'Ulysse, qui seul les a revendiquées.

AGAMEMNON. — Il faut lui pardonner, Ajax, si, étant homme, il fut passionné pour la gloire, cette si douce chose, pour laquelle nous bravons les dangers et les fatigues de la guerre [m. à m. *chacun de nous a supporté d'être en danger*]. D'ailleurs, il l'emporta sur toi, et cela au jugement des Troyens eux-mêmes.

AJAX. — Je sais par qui ce jugement fut dicté [m. à m. *qui m'a condamné*] : mais il n'est pas permis de rien dire contre les dieux. Je ne puis donc m'empêcher de haïr Ulysse, quand Minerve elle-même me le défendrait.

DIALOGUE DOUZIÈME (XVII)

SUPPLICE DE TANTALE

MÉNIPPE ET TANTALE

MÉNIPPE. — Qu'as-tu à pleurer, Tantale, et pourquoi te lamenter en te tenant debout près de ce lac ?

TANTALE. — C'est que je meurs de soif, Ménippe.

MÉNIPPE. — Es-tu donc si paresseux que de ne pas te baisser pour boire, et puiser de l'eau dans le creux de ta main ?

TANTALE. — En vain me baisserais-je [m. à m. *Aucune utilité si je me baissais*] ; l'eau s'enfuit dès qu'elle sent que je m'approche d'elle. Si, par hasard, j'en puise dans ma main et la porte à ma bouche, avant que j'aie pu mouiller le bord de mes lèvres, elle s'écoule, je ne sais comment, à travers mes doigts, et ma main reste sèche.

MÉNIPPE. — Voilà qui tient du prodige, Tantale. Mais, dis-moi, qu'as-tu besoin de boire ? Tu n'as plus de corps ; le tien est enseveli quelque part en Lydie : c'est lui qui pouvait éprouver ou la faim ou la soif ; mais toi, l'âme, comment pourrais-tu avoir soif, et comment pourrais-tu boire ?

TANTALE. — Et c'est là mon supplice, que mon âme éprouve la soif, comme si elle était un corps.

MÉNIPPE. — Eh bien, nous le croirons, puisque tu dis que la soif est ta punition ; mais qu'est-ce que cela peut avoir d'affligeant pour toi ? Crains-tu de mourir faute de boire ? C'est que je ne vois pas qu'il y ait un autre enfer après celui-ci, ni de seconde mort qui nous fasse descendre d'ici dans d'autres lieux.

TANTALE. — Tu as raison, et c'est une partie des tourments auxquels je suis condamné [m. à m... *de ma condamnation*], de désirer boire sans en avoir besoin.

MÉNIPPE. — Tu es fou, Tantale ; et tu parais avoir réellement besoin de boire, mais de boire de l'ellébore pur. Tu éprouves tout le contraire des gens qui sont mordus par les chiens enragés ; ce n'est pas l'eau, c'est la soif que tu crains.

TANTALE. — Je ne refuserais pas même de boire de l'ellébore ; hélas, que n'en ai-je !

MÉNIPPE. — Va, va, console-toi, Tantale, puisque ni toi, ni aucun des morts ne boira jamais ; car cela est impossible : tous cependant ne sont pas, comme toi, condamnés à une soif perpétuelle [m. à m. *n'ont pas soif d'après une condamnation*] tandis que l'eau ne les attend jamais.

DIALOGUE TREIZIÈME (XXVI)

CHIRON S'ENNUYAIT D'ÊTRE IMMORTEL

MÉNIPPE ET CHIRON

MÉNIPPE. — On m'a dit, Chiron, qu'étant dieu, tu avais désiré mourir.

CHIRON. — On t'a dit vrai, Ménippe ; et je suis mort, comme tu vois, quoique pouvant être immortel.

MÉNIPPE. — Et qui a pu te faire désirer le trépas [m. à m. *Quel désir de la mort a tenu toi ?*], si odieux à la plupart des hommes ?

CHIRON. — Je vais te le dire, à toi qui es un homme de sens : l'immortalité, Ménippe, n'avait plus aucun charme pour moi [m. à m. *il n'était plus agréable pour moi de jouir de l'immortalité*].

MÉNIPPE. — Quoi ! tu ne trouvais plus de charme à vivre, et à jouir de la lumière ?

CHIRON. — Non, Ménippe : le plaisir, à mon avis du moins, naît de la variété et du changement ; et moi, je vivais toujours, et toujours je jouissais des mêmes objets. C'était le même soleil, la même lumière, les mêmes repas, les mêmes saisons ; les mêmes occupations se succédaient, et semblaient enchaînées l'une à l'autre. J'en étais rassasié ; car, ce n'était pas dans l'uniformité, mais dans le changement que je pouvais trouver du plaisir.

MÉNIPPE. — Tu as raison ; mais comment te trouves-tu de l'enfer, depuis que tu as préféré y descendre ?

CHIRON. — Assez bien, Ménippe ; l'égalité qui règne ici tient du gouvernement populaire. De plus, il n'y a pas de différence à vivre dans la lumière ou dans les ténèbres. D'ailleurs, on n'éprouve ici ni faim ni soif, et l'on est délivré de tous les besoins.

MÉNIPPE. — Prends garde, Chiron, de te contredire toi-même, et de tomber, en raisonnant ainsi, dans un cercle vicieux.

CHIRON. — Comment cela ?

MÉNIPPE. — C'est que, si la vie t'est devenue à charge à cause de son uniformité et de la répétition des mêmes choses, tu pourras bien te dégoûter aussi du séjour des enfers, où tout est uniforme. Il te faudra bientôt chercher, par un nouveau changement, à passer dans une autre vie, ce qui, je crois, est impossible.

CHIRON. — Que faire à cela ?

MÉNIPPE. — Ce que l'on dit communément : le sage sait jouir et se contenter du présent, et n'y trouve rien qu'il considère comme intolérable.

DIALOGUE QUATORZIÈME (XIII
DE LA DIVINITÉ D'ALEXANDRE

DIOGÈNE ET ALEXANDRE

DIOGÈNE. — Est-ce bien toi, Al~andre ? Toi aussi, tu es donc mort, ainsi que nous tous ?

ALEXANDRE. — Tu le vois, Diogène ; il n'est point étonnant, qu'étant homme, je sois mort.

DIOGÈNE. — Ammon disait donc un mensonge, lorsqu'il t'appelait son fils ? Tu étais réellement celui de Philippe ?

ALEXANDRE. — Sans doute, j'étais le fils de Philippe ; je ne serais pas mort, si j'eusse été celui d'Ammon. Je vois à présent que les prophètes d'Ammon ne disaient rien de sensé.

DIOGÈNE. — Leurs mensonges, du moins, ne te furent pas inutiles pour accomplir tes desseins, puisqu'une foule d'hommes qui te croyaient un véritable dieu, tremblaient devant toi. Mais, dis-moi, je te prie, à qui as-tu laissé un si vaste empire ?

ALEXANDRE. — Je l'ignore, je n'ai pas eu le temps de rien arrêter à ce sujet. Tout ce que je sais, c'est qu'en mourant, je donnai mon anneau à Perdiccas.... Mais, qu'as-tu à rire, Diogène ?

DIOGÈNE. — Et de quelle autre chose rirais-je, sinon du souvenir de tout ce que firent les Grecs pour te flatter, lorsque tu pris possession de l'empire, soit en te déclarant général de la Grèce contre les barbares, soit en te mettant au rang des douze dieux, en te bâtissant des temples et t'offrant des sacrifices ? Mais, dis-moi, où les Macédoniens t'ont-ils enterré ?

ALEXANDRE. — Je suis encore gisant à Babylone, privé de

sépulture, et voilà déjà le trentième jour. Mais Ptolémée, l'un de mes lieutenants, promet qu'aussitôt qu'il sera tranquille, et délivré des troubles qui l'occupent en ce moment, il me transportera en Égypte pour m'y faire enterrer, afin que je devienne un des dieux de ce pays.

DIOGÈNE. — Et je ne rirais pas, Alexandre, quand je te vois, jusque dans les enfers, te bercer de la folle espérance [m. à m. *délirant et espérant*] de devenir un Anubis, ou un Osiris ! Va, très divin personnage, ne t'attends à rien de semblable; quand une fois on a traversé le lac infernal, et qu'on a franchi cet étroit passage, il n'est plus permis de revenir sur ses pas [m. à m. *il n'est pas justice quelqu'un de ceux... revenir*]. Car Éaque n'exerce point négligemment son emploi, et l'on ne brave pas Cerbère impunément. Cependant, je voudrais bien savoir de toi comment tu supportes ton état actuel, lorsque tu penses à cette grande félicité que tu as laissée sur la terre, à ces gardes, à ces satellites, à ces satrapes, à tes immenses trésors, à tous ces peuples qui t'adoraient, et à Babylone et à Bactres, à ces énormes éléphants, aux honneurs qu'on te rendait, à ta gloire, à ce triomphe éclatant, où tu t'avançais le front ceint d'une bandelette blanche, revêtu d'une robe de pourpre [m. à m. *le être remarquable t'avançant, etc.*] ! N'éprouves-tu aucun chagrin à ce souvenir ? Et quoi ! tu pleures, insensé ! Le sage Aristote ne t'a-t-il pas appris à ne point compter sur la stabilité des faveurs de la fortune ?

ALEXANDRE. — Le sage, lui le plus détestable de tous les flatteurs ! Si tu savais seulement [m. à m. *Laisse-moi seul savoir*] tout ce qu'il a fait, cet Aristote ; combien il me demandait, quelles lettres il m'écrivait, et comme il abusait de mon désir de m'instruire, me flattant et me louant, tantôt pour ma beauté (comme si la beauté eût fait partie du souverain bien), tantôt pour mes actions et mes richesses ; car il mettait les richesses aussi au rang des vrais biens, pour n'avoir point à rougir de celles qu'il recevait. Cet homme, Diogène, n'était qu'un fourbe adroit et rusé ; tout le fruit que j'ai retiré de sa sagesse, a été de m'affliger de la perte de ces biens que tu énumérais tout à l'heure, comme si j'avais perdu des trésors d'un prix inestimable.

DIOGÈNE. — Sais-tu ce qu'il faut que tu fasses ? car je veux t'indiquer un remède à ton chagrin ; comme il ne croît point ici d'ellébore, va sur les bords du fleuve Léthé, et bois de son eau à longs traits, puis bois encore et souvent. Peut-être par ce moyen parviendras-tu à calmer le chagrin que te cause la perte des biens d'Aristote. Mais j'aperçois Clitus, Callisthène et plusieurs autres qui se précipitent vers toi, sans doute pour te mettre en pièces et se venger de la façon dont tu les as traités : prends donc cette autre route, et bois souvent, comme je te l'ai dit.

DIALOGUE QUINZIÈME (XII)

ALEXANDRE ET ANNIBAL SE DISPUTENT LE PREMIER RANG

ALEXANDRE, ANNIBAL, MINOS ET SCIPION

ALEXANDRE. — Africain, c'est moi qu'il faut préférer, car je vaux mieux que toi.

ANNIBAL. — Nullement : c'est moi.

ALEXANDRE. — Eh bien, que Minos nous juge.

MINOS. — Qui êtes vous ?

ALEXANDRE. — Celui-ci est Annibal le Carthaginois, et je suis Alexandre, fils de Philippe.

MINOS. — Par Jupiter, voilà deux ombres illustres. Mais quel est le sujet de votre dispute ?

ALEXANDRE. — Il s'agit de la prééminence : Cet homme prétend avoir été un plus grand général que moi ; je soutiens au contraire que, par les talents militaires, je l'ai emporté, comme personne ne l'ignore, non seulement sur lui, mais sur presque tous ceux qui m'ont précédé.

MINOS. — Eh bien, que chacun plaide sa cause à son tour : Africain, commencez.

ANNIBAL. — J'ai du moins retiré ce fruit [m. à m. *j'ai gagné cela seul*] de mon séjour aux enfers : j'ai appris à parler grec ; de telle sorte que mon rival n'aura pas même sur moi cet avantage. Je prétends donc que les hommes qui ont droit aux plus grands éloges sont ceux qui, n'étant rien dans les commencements, sont parvenus néanmoins à la grandeur, en acquérant par eux-mêmes la puissance et en se montrant dignes de l'autorité suprême. Quant à moi, je passai de Carthage en Espagne avec un petit nombre de soldats. D'abord lieutenant de mon frère, je fis bientôt reconnaître ma supériorité et on me jugea digne de commander en chef [m. à m. *ayant été reconnu le meilleur, je fus jugé digne des plus grandes choses*]. Je vainquis les Celtibériens, je triomphai des Gaulois occidentaux ; et, franchissant les grandes montagnes, je parcourus en vainqueur tous les lieux que baigne l'Éridan ; je renversai un grand nombre de villes, je soumis tout le plat pays de l'Italie, et j'arrivai jusqu'aux faubourgs de la capitale. J'ai tué tant de Romains en un seul jour, qu'on mesurait leurs anneaux au boisseau, et que les cadavres servaient de pont pour traverser les fleuves. Et j'ai fait tout cela sans me faire appeler le fils d'Ammon, sans vouloir passer pour un dieu, mais en avouant au contraire que j'étais homme, ayant en face de moi les généraux les plus consommés, et ayant affaire aux plus braves soldats, et non à des Mèdes et des Arméniens, qui fuient avant qu'on les poursuive, et livrent à l'instant la victoire à quiconque ose s'en saisir. Quant à Alexandre, s'il a beaucoup augmenté l'empire qu'il avait reçu de son père, s'il en a reculé les bornes, c'est en profitant de l'impulsion de la fortune. Lorsque ce vainqueur de l'Asie eut triomphé du lâche Darius dans les plaines d'Issus et d'Arbèles, il quitta les mœurs de ses ancêtres, voulut se faire adorer et se mit à vivre à la manière des Mèdes. On le vit se souiller dans les festins du sang de ses amis, les réunir, pour les faire traîner au supplice. Moi, j'ai commandé à ma patrie, tout en respectant l'égalité ; et, lorsque Carthage me rappela pour m'opposer à la flotte nombreuse des ennemis qui menaçaient l'Afrique [m. à m. *les ennemis naviguant vers l'Afrique avec une grande flotte*], j'obéis à l'instant, et je descendis sans murmurer au rang de simple citoyen. Condamné à l'exil, je supportai cette injustice avec égalité d'âme. Voilà ce que j'ai fait, et j'étais barbare ; je n'avais point été instruit dans les lettres grecques ; je ne déclamais pas les poésies d'Homère, comme le faisait celui-ci ; le sage Aristote ne m'avait point élevé. Je n'ai fait que profiter des heureuses dispositions que je tenais de la nature. Telles sont les raisons pour lesquelles je prétends l'emporter sur Alexandre. S'il paraît plus noble que moi pour avoir eu le front ceint d'un diadème, ce sera peut-être aux yeux des Macédoniens [m. à m. *pour les Macédoniens peut-être ces choses sont respectables*] ; mais ce n'est pas là ce qui le rendra préférable à un brave capitaine, qui a plus fait usage de son génie que des faveurs de la fortune.

MINOS. — Vraiment, il a plaidé sa cause avec noblesse, et mieux qu'on ne pouvait l'attendre d'un Africain [m. à m. *ni comme il était naturel un Africain plaider*]. Que répondras-tu, Alexandre ?

ALEXANDRE. — Je ne devrais rien répondre à un homme si

audacieux. Car la renommée suffit seule pour t'apprendre quel
monarque je fus, et quel brigand il était. Mais pourtant considère
à quel point je l'ai emporté sur lui. Parvenu au trône jeune encore
je contins dans l'obéissance mon royaume agité de dissensions et
de troubles ; je poursuivis les meurtriers de mon père ; puis, lorsque j'eus épouvanté la Grèce par la ruine de Thèbes ; et que j'eus
été proclamé par les Grecs leur généralissime, je ne voulus pas,
me renfermant dans les bornes de la Macédoine, me contenter de
régner sur les Etats que m'avait laissés mon père ; mais je formai
le projet de subjuguer la terre entière : il me paraissait insupportable de ne pas être le maître de l'univers. A la tête d'un petit
nombre de soldats, je fais une irruption en Asie ; vainqueur dans
un grand combat sur les bords du Granique, je m'empare de la
Lydie, de l'Ionie, de la Phrygie ; je subjugue tout ce qui se rencontre devant moi, et j'arrive à Issus, où Darius m'attendait avec une
armée innombrable [m. à m. *conduisant plusieurs myriades
d'armée*]. Quant au résultat de cette journée, on sait aux
enfers, Minos, combien je fis descendre ici de morts : le batelier
assure que sa barque ne put y suffire, et que le plus grand
nombre fut obligé de construire des radeaux pour passer le fleuve. Et j'ai fait tous ces exploits en bravant les dangers à la tête
de mes troupes, et me faisant un honneur de recevoir des blessures. Sans vous raconter ce que je fis à Tyr et aux plaines
d'Arbèles, je pénétrai jusque chez les Indiens et donnai l'Océan
comme borne à mon empire ; je m'emparai de leurs éléphants et
je vainquis Porus. Ensuite je traversai le Tanaïs et, dans un combat de cavalerie, je défis les Scythes, ces guerriers indomptables,
[m. à m. *guerriers non méprisables*]. Mes amis ont éprouvé
mes bienfaits, et mes ennemis ont senti le poids de ma ven-
geance [m. à m. *je me suis vengé de mes ennemis*]. Si les
hommes m'ont pris pour un dieu, cette erreur est bien pardon-
nable ; l'éclat de mes grandes actions leur avait donné de moi
cette haute idée. Enfin, je suis mort sur le trône, tandis que
celui-ci a terminé ses jours dans l'exil chez Prusias, roi de
Bithynie ; digne fin [m. à m. *comme il était juste*] d'un
homme si méchant et si cruel Je ne parle point de sa conquête
de l'Italie ; il la doit moins à son courage qu'à sa scélératesse, à
ses ruses et à ses perfidies. Rien de sa part ne se fit loyalement
et à découvert. Annibal, en me reprochant ma mollesse, semble
avoir oublié les délices de Capoue. Cet admirable guerrier
consumait en voluptés un temps précieux pour la guerre. Pour

moi, si je n'eusse pas, dédaignant la conquête de l'Occident [m; à m. *ayant considéré l'Occident comme peu important*], tourné de préférence mes armes vers l'Asie, quelle gloire pouvais-je acquérir à soumettre, sans verser de sang, l'Italie, et à subjuguer l'Afrique et les pays qui s'étendent jusqu'à Cadix. Ces contrées, déjà tremblantes et prêtes à reconnaître un maître, ne me parurent pas dignes d'être combattues. Voilà ce que j'avais à dire. C'est à toi, Minos, de prononcer; ceci doit suffire, quoique je pusse en dire bien davantage.

SCIPION. — Que ce ne soit pas au moins sans m'avoir entendu aussi [m. à m. *pas auparavant, si tu ne m'as pas entendu*].

MINOS. — Et qui es-tu, mon ami, et quelle est ta patrie?

SCIPION. — Je suis Scipion, général des Romains, celui qui détruisit Carthage et qui remporta en Afrique de si grandes victoires.

MINOS. — Et que veux-tu nous dire?

SCIPION. — Je le cède, il est vrai, à Alexandre, mais je l'emporte sur Annibal, que j'ai vaincu et obligé de prendre honteusement la fuite. Quelle n'est donc pas son impudence, s'il prétend disputer le pas à Alexandre, auquel moi, Scipion, son vainqueur, je ne veux pas être comparé.

MINOS. — Par Jupiter! tu parles sensément, Scipion. Que le premier rang soit donc assigné à Alexandre, le second à toi; Annibal aura le troisième, et ne sera pas pour cela méprisable.

DIALOGUE SEIZIÈME (XX)
LA MORT CONVAINC DE VANITÉ LES CHOSES D'ICI-BAS

MÉNIPPE ET ÆAQUE

MÉNIPPE. — Au nom de Pluton, Æaque, fais-moi voir tout ce qu'il y a dans les enfers.

ÆAQUE. — Il n'est pas aisé de te montrer tout, Ménippe. Tiens, voilà cependant ce qu'il y a de plus important: celui-ci est Cerbère; tu le connais, aussi bien que cet autre, le nocher qui t'a passé dans sa barque. Tu as déjà vu aussi, en entrant, le lac et le Pyriphlégéton.

MÉNIPPE. — Je connais tout cela; je sais aussi que tu es le portier des enfers: j'ai même vu le roi et les Furies. Mais, montre-moi les hommes d'autrefois, et particulièrement les plus illustres.

ÆAQUE. — Voici Agamemnon, Achille, et, tout près, Idoménée ; ensuite, Ulysse, Ajax, Diomède, et les plus vaillants héros de la Grèce.

MÉNIPPE. — Ah, ah, divin Homère, comme les principaux personnages de vos rapsodies gisent là sans gloire et sans beauté ! tout cela n'est plus que poussière, qu'un objet de risée [m. à m. *un bavardage considérable*], et ce sont bien véritablement des crânes sans consistance. Mais, quel est celui-ci, Æaque ?

ÆAQUE. — C'est Cyrus : cet autre est Crésus ; après lui Sardanapale ; au-dessus tu vois Midas, et celui-là est Xerxès.

MÉNIPPE. — Eh quoi ! c'est donc toi, infâme, qui faisais trembler toute la Grèce, alors que tu joignais les deux rives de l'Hellespont et que tu prétendais faire passer ta flotte à travers les montagnes ? Et ce Crésus, comme il est fait ! Quant à Sardanapale, il me prend envie, avec ta permission, Æaque, de lui appliquer un bon soufflet [m. à m. *laisse-moi le frapper sur la joue*].

ÆAQUE. — N'en fais rien ; tu briserais son crâne de femme. Veux-tu que je te fasse voir aussi les philosophes ?

MÉNIPPE. — Assurément.

ÆAQUE. — Tiens, voilà d'abord Pythagore.

MÉNIPPE. — Bonjour, Euphorbe, Apollon, ou tout ce que tu voudras.

PYTHAGORE. — Et toi aussi, bonjour, Ménippe.

MÉNIPPE. — Tu n'as plus ta cuisse d'or, n'est-ce pas ?

PYTHAGORE. — Non, mais voyons un peu dans ta besace s'il y aurait quelque chose de bon à manger.

MÉNIPPE. — Il y a des fèves, mon ami, mais tu n'en manges pas.

PYTHAGORE. — Donne toujours : on a d'autres principes chez les morts ; et j'ai appris ici que les fèves n'ont rien de commun avec les têtes de nos pères.

ÆAQUE. — Celui-ci est Solon, le fils d'Exécestide. Voilà Thalès, Pittacus et les autres Sages. Ils sont sept, comme tu vois.

MÉNIPPE. — De tous les morts, ce sont les seuls qui aient l'air gai et sans souci. Mais celui-ci, qui est tout poudreux comme un pain cuit sous la cendre et dont le corps est rempli de pustules, quel est-il ?

ÆAQUE. — C'est Empédocle, qui est tombé du mont Etna dans les Enfers, à moitié rôti.

MÉNIPPE. — Brave homme aux pieds d'airain, quel démon

t'agitait, pour te précipiter ainsi [m. à m. *quelle chose ayant éprouvée te précipitas-tu*] dans les gouffres de l'Etna ?

EMPÉDOCLE. — Un accès de mélancolie, Ménippe.

MÉNIPPE. — Non, non ; dis plutôt l'amour de la vaine gloire, l'orgueil et la sottise : voilà ce qui t'a brûlé avec ta chaussure, et tu méritais assez de périr par ce supplice [m. à m. *toi n'étant pas indigne*], Mais cette ruse ne t'a servi de rien ; on a prouvé que tu étais mort. Et Socrate, Æaque, où donc est-il ?

ÆAQUE. — Il babille la plupart du temps avec Nestor et Palamède.

MÉNIPPE. — Cependant, je voudrais bien le voir, s'il est là quelque part.

ÆAQUE. — Tiens, vois-tu cette tête chauve ?

MÉNIPPE. — Elles le sont toutes, Æaque, et cette marque convient généralement à tous les morts.

ÆAQUE. — Eh bien, ce nez camus ?

MÉNIPPE. — Ce n'est pas non plus une différence : ils le sont tous.

SOCRATE. — Tu me cherches, je crois, Ménippe ?

MÉNIPPE. — Oui, Socrate.

SOCRATE. — Que fait-on à Athènes ?

MÉNIPPE. — La plupart des jeunes gens s'y disent philosophes, et, si l'on en jugeait par leurs manteaux et par leur démarche, ce sont déjà des philosophes parfaits.

SOCRATE. — J'en ai vu beaucoup, Ménippe.

MÉNIPPE. — Oui ; mais tu as vu, je pense, en quel état Aristippe et Platon lui-même sont venus ici. L'un exhalait les parfums, l'autre était versé dans l'art de faire sa cour aux tyrans de Sicile.

SOCRATE. — Et que pense-t-on de moi ?

MÉNIPPE. — Tu es heureux, du moins à cet égard, Socrate. Tout le monde estime que tu fus un homme admirable, et qui savait tout, quoique, s'il faut dire la vérité, tu ne susses rien.

SOCRATE. — Eh ! je le leur disais moi-même ; eux croyaient que c'était une ironie. Mais prends place à côté de nous, si tu le juges à propos.

MÉNIPPE. — Non ; je vais m'établir auprès de Crésus et de Sardanapale ; car il me semble que j'aurai de fréquentes occasions de rire [m. à m. *devoir rire non peu*], quand j'entendrai leurs lamentations.

ÆAQUE. — Et moi, je m'en retourne bien vite, de peur que quelque mort n'aille s'échapper à notre insu [m. à m. *ne soit*

caché à nous ayant fui] : tu verras le reste une autre fois,
Ménippe.

MÉNIPPE.— Retourne, Æaque ; j'en ai bien assez vu.

DIALOGUE DIX-SEPTIÈME (I)

REMONTRANCES DE DIOGÈNE A L'HUMANITÉ

DIOGÈNE ET POLLUX

DIOGÈNE.— Je te recommande, Pollux, dès que tu seras retour-
né là-haut (car, si je ne me trompe, c'est demain ton tour de
ressusciter), si tu trouves quelque part Ménippe le Cynique (tu
le trouveras à Corinthe, vers le Cranion, ou au Lycée, s'occupant
à rire des philosophes et de leurs vaines disputes), je te recommande de lui dire : « Ménippe, Diogène t'engage, si tu as assez
« ri de tout ce qui se passe sur la terre, de venir ici-bas rire
« encore davantage. Là-haut, tes rires n'avaient qu'un objet incer-
« tain ; et tu pouvais te dire souvent : qui sait au juste ce qu'on
« devient après la vie ? où lieu qu'ici tu ne cesseras de rire... et
« de rire à coup sûr, comme je le fais maintenant, et surtout
« lorsque tu verras les riches, les Satrapes, les rois, humiliés et
« confondus sans distinction dans la foule, ne se faire reconnaî-
« tre qu'à leurs lamentations, et aussi au souvenir que gardent
« ces hommes efféminés et lâches, des biens dont ils jouissaient
« sur la terre. » Voilà, Pollux, ce que je te prie de lui dire.
Ajoute encore qu'il ait soin, en venant, de remplir [m. à m. *et
en outre, de venir ayant rempli*] sa besace de pois chiches ou
du souper d'Hécate, s'il le trouve dans quelque carrefour [m. à
m. *et, s'il trouve quelque part le souper d'Hécate gisant dans
le carrefour*] ; sinon, qu'il se munisse d'un œuf lustral, ou de
quelque autre chose de semblable.

POLLUX.— Je lui dirai tout cela, Diogène ; mais pour que je
puisse mieux le reconnaître, fais-moi son portrait [m. à m. *quel
est-il, quant à l'aspect ?*].

DIOGÈNE.— C'est un vieillard chauve, qui porte un manteau
plein de trous, ouvert à tous les vents, et plaisamment diversifié
par les guenilles de toutes couleurs dont il est rapiécé. Il rit
toujours, et raille le plus souvent ces fanfarons de philosophes.

POLLUX. — D'après ces indices, il ne sera pas difficile à
trouver.

DIOGÈNE. — Veux-tu que je te charge aussi d'une commission pour ces philosophes eux-mêmes ?

POLLUX. — Parle, cela aussi ne sera pas lourd à porter.

DIOGÈNE. — Conseille-leur en général de mettre fin à leurs extravagances [m. à m. *de cesser radotant et disputant..., etc.*] et à leurs disputes sur les universaux ; dis-leur qu'ils cessent de se planter des cornes les uns aux autres, de se former des crocodiles, et d'exercer l'esprit des jeunes gens à toutes ces questions embarrassantes.

POLLUX. — Mais ils me traiteront d'ignorant, d'homme illettré, si je bats en brèche leur science.

DIOGÈNE. — Eh bien, dis-leur de ma part qu'ils.... pleurent.

POLLUX. — Je le leur dirai, Diogène.

DIOGÈNE. — Quant aux riches, mon cher petit Pollux, dis-leur ceci en notre nom : « Insensés, pourquoi gardez-vous soigneusement cet or, et vous tourmentez-vous à calculer vos usures, à accumuler talents sur talents ? Bientôt, il vous faudra [m. à m. *lesquels bientôt il faut venir*] descendre ici ne possédant qu'une obole.

POLLUX. — Tout cela leur sera répété.

DIOGÈNE. — Dis aussi aux gens qui font étalage de leur beauté et de leur force [m. à m. *aux beaux et aux forts*], à Mégille le Corinthien et au lutteur Damoxène, qu'il n'est point chez nous de blonde chevelure, point d'yeux bleus ou noirs, point de joues colorées ; que les attitudes nerveuses [m. à m. *les nerfs bien tendus*], les fortes épaules y sont inutiles ; qu'enfin, tout n'est ici qu'une même poussière, comme on dit en proverbe ; qu'un amas de crânes dépouillés de leur beauté.

POLLUX. — Il ne me sera pas difficile de dire cela aux gens fiers de leur force ou de leur beauté.

DIOGÈNE. — Mais aux pauvres, dont le nombre est grand, et qui, mécontents de leur sort, déplorent leur indigence, dis-leur, Laconien, de ne plus verser de larmes, de ne plus se désoler : apprends-leur que l'égalité règne ici [m. à m. *leur racontant l'égalité d'ici*] ; qu'ils y verront les riches n'avoir sur eux aucun avantage ; et, si tu le veux bien, reproche de ma part à tes Lacédémoniens [m. à m. *gourmande-les disant*] de s'être bien relâchés.

POLLUX. — Diogène, ne dis rien des Lacédémoniens ; je ne le souffrirais pas. Quant à ce que tu mandes aux autres, je le leur ferai savoir.

DIOGÈNE. — Eh bien, laissons-là tes Lacédémoniens, puisque tu le veux ; mais porte mes avis à ceux dont je t'ai parlé auparavant.

DIALOGUE DIX-HUITIÈME (X)
LES MORTS CONTRAINTS D'ABANDONNER LEURS BAGAGES AVANT DE FRANCHIR LE STYX

CHARON, MERCURE, DIFFÉRENTS MORTS, MÉNIPPE, CHARMOLÉE, LAMPICHUS, DAMASIAS, UN PHILOSOPHE, UN ORATEUR

CHARON. — Apprenez à quel péril vous nous exposez [m. à m. *comment sont les choses pour nous*]: la nacelle, comme vous le voyez, est trop petite pour vous tous ; elle est pourrie de vétusté et fait eau de toutes parts : pour peu qu'elle penche d'un côté, elle va chavirer et couler à fond [m. à m. *elle disparaîtra ayant été renversée*], tellement vous êtes nombreux, tellement vous êtes chargés de bagages [m. à m. *apportant chacun beaucoup*] ! je crains fort, si vous entrez dans la barque avec tous ces paquets, que vous n'ayez bientôt sujet de vous en repentir, surtout ceux d'entre vous qui ne savent pas nager.

LES MORTS. — Comment nous y prendre pour faire heureusement la traversée ?

CHARON. — Je vais vous le dire ; il faut monter nus dans la barque et laisser sur le rivage tout ce bagage inutile : à peine encore pourra-t-elle vous contenir en cet état. Mercure, tu auras soin de n'en admettre aucun ici qu'il ne soit entièrement nu et qu'il n'ait, comme je l'ai dit, déposé son bagage. Debout, auprès de l'échelle, tu les examineras et les forceras de se dépouiller avant de monter [m. à m. *de monter nus*].

MERCURE. — Tu as raison, et je vais le faire... Quel est celui qui se présente le premier ?

MÉNIPPE. — Je suis Ménippe. Tiens, voilà ma besace et mon bâton, Mercure ; jette-les dans le lac. Pour mon manteau, je ne l'ai point apporté, et j'ai bien fait.

MERCURE. — Monte, Ménippe, le meilleur des hommes ; prends la place d'honneur, en haut, à côté du pilote, pour avoir l'œil sur les autres. Quel est ce beau garçon ?

CHARMOLÉE. — Je suis l'aimable Charmolée de Mégare.

MERCURE. — Eh bien, laisse-là ta beauté, cette chevelure touffue, l'incarnat de tes joues et toute ta peau ; voilà qui est bien. Tu es léger à présent; monte... Et toi, avec ce manteau de pourpre et ce diadème, toi l'homme aux yeux farouches, qui es-tu [m. à m. *qui te trouves-tu étant ?*] ?

LAMPICHUS. — Lampichus, roi des Gélons.

MERCURE. — Et pourquoi, Lampichus, te présenter avec tout cet attirail [m. à m. *ayant tant de choses*] ?

LAMPICHUS. — Eh quoi! fallait-il, Mercure, qu'un roi vînt ici tout nu ?

MERCURE. — Un roi, non ; mais bien un mort. Dépose donc ces vêtements.

LAMPICHUS. — Eh bien, voilà mes riches ornements par terre.

MERCURE. — Dépouille encore ton orgueil et tes mépris; ils surchargeraient la nacelle s'ils y montaient avec toi.

LAMPICHUS. — Mais laisse-moi, du moins, porter mon diadème et mon manteau royal.

MERCURE. — Nullement; il faut les quitter aussi.

LAMPICHUS. — Soit. Que faut-il de plus ? Je me suis défait de tout, comme tu vois.

MERCURE. — Défais-toi encore de ta cruauté, de ta folie, de ton insolence, de ta colère.

LAMPICHUS. — Eh bien, me voilà tout nu.

MERCURE. — Monte à présent. Et toi, qui es-tu, homme épais et si bien fourni en chair ?

DAMASIAS. — L'athlète Damasias.

MERCURE. — Oui, c'est ce qu'il me semble. Je te connais, t'ayant vu souvent dans les gymnases.

DAMASIAS. — Il est vrai, Mercure. Reçois-moi donc, je suis tout nu.

MERCURE. — Tu ne l'es point, mon brave, enveloppé de tant de chair ; commence donc par t'en dépouiller; car tu ferais couler la barque à fond, si seulement tu y posais l'un de tes pieds. Jette-là ces couronnes et ces proclamations.

DAMASIAS. — Me voilà bien réellement nu, et je ne pèse pas plus que les autres morts.

MERCURE. — Fort bien; c'est ainsi qu'il faut être, très léger [m. à m. *mieux vaut être ainsi léger*] ; monte donc. Et toi, Craton, quitte tes trésors et aussi ta mollesse et tes délices; n'apporte ici ni tes ornements funèbres, ni les dignités de tes ancêtres. Laisse là ta noblesse et ta gloire, et les titres dont tu fus

8

honoré par tes concitoyens qui t'appelaient leur père et leur bienfaiteur [m. à m. *et si jamais ta ville t'a proclamé bienfaiteur*]. Laisse là les inscriptions de tes statues ; ne parle plus du vaste tombeau que l'on t'a érigé ; le souvenir de toutes ces choses est pesant [m. à m. *mêmes ces choses étant rappelées pèsent*].

CRATON.— Ce sera malgré moi. Je les quitterai cependant ; comment pourrais-je faire autrement ?

MERCURE.— Ah ! ah ! Et toi, l'homme armé, que nous veux-tu ? et pourquoi portes-tu ce trophée ?

UN SOLDAT.— C'est, Mercure, que j'ai remporté la victoire et que je me suis distingué par mon courage, et que ma patrie m'a honoré de cette façon.

MERCURE. — Jette à terre ton trophée ; la paix règne aux enfers et les armes y sont inutiles... Mais quel est cet homme au maintien grave, à l'air arrogant, aux sourcils froncés, qui paraît plongé dans des réflexions profondes, cet homme à la longue barbe ?

MÉNIPPE.— C'est un philosophe, Mercure, ou plutôt un fourbe rempli d'impostures. Fais-le dépouiller, et tu verras cachées sous son habit une foule de choses risibles.

MERCURE.— Commence par déposer ce maintien ; tu quitteras ensuite le reste. Ô Jupiter ! que de forfanterie il porte avec lui ! que d'ignorance ! que d'amour pour la dispute ! que de vaine gloire, de questions embarrassantes, d'arguments hérissés, de pensées entortillées ! Mais voici encore une foule de travaux inutiles, de frivolités, de balivernes, de sottes minuties. Eh ! j'aperçois aussi de l'or, de la volupté, de l'impudence, de la colère, de l'orgueil, de la mollesse ! Tout cela ne m'a point échappé, quelque soin que tu aies pris de le cacher. Quitte donc tes mensonges, ton arrogance, cette opinion de valoir plus que les autres. Car, si tu montais avec tout ce bagage, quel vaisseau de cinquante rameurs pourrait te recevoir ?

LE PHILOSOPHE.— Eh bien, je vais m'en défaire, puisque tu le veux.

MÉNIPPE.— Mais, Mercure, fais-lui quitter aussi cette barbe si lourde, tu le vois, et si épaisse ; il y a là au moins pour cinq mines de poils.

MERCURE.— C'est bien dit : dépose cette barbe.

LE PHILOSOPHE.— Et qui la coupera ?

MERCURE.— Ménippe, que voici ; il te la coupera avec la hache du batelier, se servant de l'échelle comme de billot.

MÉNIPPE. — Non, Mercure ; donne-moi une scie, cela sera plus risible.

MERCURE. — Il suffit d'une hache. Fort bien. Tu as repris un air plus humain.

MÉNIPPE. — Veux-tu, Mercure, que je lui arrache un peu les sourcils ?

MERCURE. — Oui, car il les a relevés sur son front et se redresse fièrement, je ne sais pourquoi. Eh quoi ! tu pleures, scélérat ; tu perds courage à l'aspect de la mort : allons, allons, monte.

MÉNIPPE. — Il porte encore sous l'aisselle une chose fort pesante.

MERCURE. — Qu'est-ce que c'est, Ménippe ?

MÉNIPPE. — La flatterie, Mercure. Elle lui fut, pendant sa vie, d'une grande utilité.

LE PHILOSOPHE. — Et toi, Ménippe, quitte aussi ta liberté, ta franchise, ton caractère sans souci, ta noble hardiesse et ton rire : tu es ici le seul qui rie encore.

MERCURE. — Nullement ; garde-les, Ménippe : cela est léger, d'un transport facile, et très utile pour la traversée. Et toi, orateur, dépose ce bavardage sans fin, ces antithèses, ces phrases bien balancées, ces périodes arrondies, ces barbarismes, et tout ton attirail oratoire [m. à m. *et les autres fardeaux de tes discours*].

L'ORATEUR. — Voilà que je les quitte.

MERCURE. — Fort bien. Déliez les amarres. Tirons l'échelle, qu'on lève l'ancre. Déploie la voile, batelier, manœuvre le gouvernail et partons sous d'heureux auspices. Qu'avez-vous à pleurer, insensés, surtout ce philosophe dont on vient de ravager la barbe [m. à m. *le ayant été ravagé quant à la barbe*] ?

LE PHILOSOPHE. — C'est, Mercure, que je croyais l'âme immortelle.

MÉNIPPE. — Il en a menti. Ce sont d'autres choses qui semblent le chagriner.

MERCURE. — Quelles sont-elles ?

MÉNIPPE. — Il pense qu'il ne fera plus de splendides festins et qu'il n'en fera plus accroire tous les matins aux jeunes gens dont il recevait l'argent pour le prix de sa sagesse. Voilà ce qui le chagrine.

LE PHILOSOPHE. — Et toi, Ménippe, n'es-tu pas fâché d'être mort,

MÉNIPPE. — Comment cela ? J'ai couru au-devant du trépas

sans y être appelé [m. à m. *personne ne m'ayant appelé*]. Mais tandis que nous parlons, n'entend-on pas des clameurs qui semblent venir de la terre [m. à m. *comme quelques-uns criant de la terre*].

MERCURE. — Elles en viennent aussi, Ménippe ; et ce n'est pas d'un seul pays. Dans l'un, on court en riant à l'assemblée ; tous les citoyens se réjouissent de la mort de Lampichus ; sa femme est arrêtée par les femmes, et ses enfants, nés depuis peu, sont lapidés [m. à m. *sont frappés de pierres innombrables*] par les enfants. Ailleurs, on applaudit l'orateur Diophante, qui vient de prononcer dans Sicyone l'oraison funèbre de ce Craton. Et, par Jupiter, voici la mère de Damasias tout éplorée ; accompagnée d'autres femmes, elle mène le deuil aux funérailles de cet athlète. Pour toi, Ménippe, personne ne te pleure : seul tu reposes en paix.

MÉNIPPE. — Point du tout. Tu entendras bientôt les chiens pousser en mon honneur des hurlements lugubres, et les corbeaux se frapper de leurs ailes, lorsqu'ils se rassembleront pour me donner la sépulture.

MERCURE. — Tu es un brave, Ménippe. Mais puisque la traversée est finie, allez au tribunal, en suivant cette route qui y conduit tout droit. Le batelier et moi, nous allons chercher d'autres morts.

MÉNIPPE. — Bon voyage, Mercure. Avançons, nous autres. Et quoi ! vous balancez encore ? Allons, il faut absolument que nous soyons jugés. On dit que les punitions sont terribles ; on parle de roues, de vautours, de rochers, et la vie de chacun va paraître au grand jour [m. à m. *exactement*].

DIALOGUE DIX-NEUVIÈME (XIV)

PHILIPPE BLAME ALEXANDRE DE SON ORGUEIL

ALEXANDRE ET PHILIPPE

PHILIPPE. — A présent, Alexandre, tu ne saurais nier que tu sois mon fils ; car tu ne serais pas mort, si tu eusses été celui d'Ammon.

ALEXANDRE. — Je n'ignorais pas, mon père, que je fusse fils de Philippe, le fils d'Amyntas ; mais je reçus l'oracle, parce que je le crus utile à mes desseins.

PHILIPPE. — Que dis-tu ? Il te semblait utile de te laisser tromper par les prophètes ?

ALEXANDRE. — Je ne dis pas cela ; mais les barbares furent épouvantés, et dès lors aucun d'eux ne me résista ; car ils s'imaginaient combattre contre un dieu : aussi triomphais-je d'eux plus facilement.

PHILIPPE. — Et quels hommes as-tu vaincus, qui fussent dignes de l'être ? Tu n'eus jamais affaire qu'à des lâches, qui s'abritaient derrière leurs arcs et leurs boucliers et leurs claies d'osier. Mais vaincre les Grecs, les Béotiens, les Phocéens et les Athéniens, renverser l'infanterie Arcadienne, la cavalerie Thessalienne, soumettre les Éléens qui lancent si bien le javelot, et les peltastes de Mantinée, les Thraces, les Illyriens et les Péoniens, voilà de grands exploits. Quant à tes Mèdes, tes Perses et tes Chaldéens, peuples couverts d'or et efféminés, ne sais-tu pas qu'avant toi, dix mille Grecs, étant venus en Asie [m. à m. *étant montés*] sous la conduite de Cléarque, les avaient vaincus ; et eux, sans oser en venir aux mains, avaient pris la fuite, avant que les Grecs eussent tiré leurs traits ?

ALEXANDRE. — Mais les Scythes, mon père, les éléphants des Indiens, n'est-ce rien que de les avoir vaincus ? [m. à m. *n'étaient pas un ouvrage méprisable*] et je l'ai fait sans semer des divisions parmi eux [m. à m. *ne les ayant pas divisés*], sans acheter mes victoires par des trahisons. Jamais je ne me suis parjuré, ni n'ai failli à mes promesses, ni commis aucune perfidie pour m'assurer la victoire [m. à m. *à cause de vaincre*]. Quant aux Grecs, j'en ai rangé une partie sous ma puissance, sans verser de sang, et vous avez appris, sans doute, comme j'ai su châtier les Thébains.

PHILIPPE. — Je sais tout cela, et Clitus m'en a instruit, lui que tu as assassiné au milieu d'un festin, en le perçant de ta lance, parce qu'il osa louer mes exploits militaires, et les comparer aux tiens [m. à m. *il osa me louer en comparaison de tes exploits*]. Mais toi, tu as quitté la chlamyde des Macédoniens, pour te vêtir de la robe des Perses ; tu as chargé ta tête d'une tiare élevée, et voulu être adoré par les Macédoniens, par des hommes libres ; et ce qu'il y a de plus ridicule, tu as imité les mœurs de ceux que tu avais vaincus ; je ne parle pas ici de tout ce que tu fis encore, comme de renfermer avec des lions des hommes distingués par leur sagesse, de contracter des mariages extraordinaires. Il n'y a qu'un trait que j'ai approuvé, lorsqu'on me l'a raconté; c'est que tu as pris soin de la femme, de la mère et des filles de Darius. Cette conduite est vraiment royale.

ALEXANDRE. — Et vous ne louez pas, mon père, cet amour du danger, qui me fit, le premier, chez les Oxydraques, sauter à l'intérieur du rempart et recevoir tant de blessures ?

PHILIPPE. — Non, Alexandre, je n'approuve point cette témérité. Ce n'est pas qu'il ne soit quelquefois glorieux à un roi d'être blessé, de s'exposer au danger à la tête de l'armée; mais une telle conduite ne t'était utile en aucune manière. En effet, passant pour un dieu, si une fois tu étais blessé, et qu'on t'eût vu emporté sur un brancard hors du combat, baigné dans ton sang, et gémissant de tes blessures, c'était apprêter à rire à tous ceux qui t'auraient vu. Ammon était convaincu d'imposture et de fausseté dans ses oracles; ses prophètes passaient pour des flatteurs. Et qui aurait pu s'empêcher de rire, en voyant le fils de Jupiter, près d'expirer, implorer le secours des médecins. Crois-tu donc, si tu étais mort alors, qu'une foule de gens n'eussent pas raillé ce mensonge, en voyant le fils d'un dieu étendu dans le cercueil, déjà livré à la pourriture, et enflé comme tous les cadavres [m. à m. *selon la loi de tous les corps*]. D'ailleurs, cet oracle dont tu parles, Alexandre, en rendant tes victoires faciles, t'a ravi en grande partie la gloire de tes exploits; car tout ce que tu as fait paraissait toujours insuffisant, parce qu'on l'attribuait à un dieu.

ALEXANDRE. — Ce n'est cependant pas là ce que les hommes pensent de moi. Au contraire, ils me mettent en parallèle avec Hercule et Bacchus. Mais, quoi qu'il en soit, je suis toujours le seul qui ait pris cette roche d'Aorne, que ni l'un ni l'autre n'avait pu prendre avant moi.

PHILIPPE. — Tu le vois, tu parles à présent comme si tu étais le fils d'Ammon, puisque tu te compares à Hercule et à Bacchus: ne rougiras-tu point, Alexandre, et ne te déferas-tu point de tant de vanité ? Ne te connaîtras-tu point toi-même, et ne comprendras-tu pas enfin que tu n'es maintenant qu'un mort ?

DIALOGUE VINGTIÈME (XV)

ACHILLE SE PLAINT DE L'ÉGALITÉ QUI RÈGNE
AUX ENFERS

ACHILLE ET ANTILOQUE

ANTILOQUE. — Quels discours, Achille, tenais-tu dernièrement à Ulysse au sujet de la mort ! Qu'ils étaient peu nobles et indignes de tes deux maîtres Chiron et Phénix ! Car je t'ai entendu lui dire, que tu préférerais travailler à la terre et être mercenaire chez quelque pauvre laboureur qui aurait à peine de quoi vivre [m. à m. *auquel ne seraient pas nombreuses ressources*], plutôt que de régner sur tous les morts. Ce langage conviendrait peut-être à un vil et lâche Phrygien, attaché à la vie plus que de raison [m. à m. *au-delà de ce qui est bien*] ; mais que le fils de Pélée, le plus intrépide de tous les héros, puisse concevoir de si basses pensées, c'est une honte extrême et le démenti des grandes actions qui ont illustré ta vie ; toi qui, plutôt que de régner longtemps, mais sans honneur, en Pthiotide, [m. à m. *régner..... étant permis*], as choisi de plein gré une mort glorieuse [m. à m. *avec bonne renommée*].

ACHILLE. — Ah ! fils de Nestor, je ne savais pas ce qu'étaient les enfers; et ne pouvant juger lequel des deux états valait le mieux, j'ai préféré cette misérable gloriole à la vie. Mais je sais trop maintenant combien cette gloire nous est inutile. En vain les habitants de la terre célèbrent le plus possible nos louanges ; l'égalité règne parmi les morts; et notre beauté, cher Antiloque, pas plus que notre force, ne nous accompagne ici. Tous semblables et couchés dans les mêmes ténèbres, nous ne différons en rien les uns des autres. Les ombres des Troyens ne me craignent plus: celles des Grecs ne me font plus la cour : il y a ici une égalité parfaite; et un mort, qu'il ait été brave ou lâche, ressemble en tout à un autre. Voilà ce qui me chagrine, et je suis au désespoir de n'être plus en vie, dussé-je être mercenaire.

ANTILOQUE. — Mais, que faire à cela ! La nature l'a voulu : tous les hommes sans exception doivent mourir : il faut donc obéir à cette loi de bon gré, et ne point se chagriner des ordres du destin. D'ailleurs, tu nous vois ici, nous tous qui fûmes autrefois tes amis: nécessairement Ulysse y viendra bientôt, et c'est toujours une consolation que d'avoir des compagnons d'infortune [m. à m. *la communauté de la chose porte consolation*] ; et de n'être pas seul à subir son sort. Vois Hercule, vois Méléagre, et tous les autres héros ; je suis persuadé qu'ils ne voudraient pas retourner sur la terre, si on les renvoyait là-haut à condition d'être mercenaires chez des hommes sans patrimoine et sans moyens d'existence.

ACHILLE. — Cet avis est bien d'un ami. Mais je ne sais pourquoi le souvenir de ce que l'on fait pendant la vie m'afflige. Il afflige aussi chacun de vous sans doute. Si vous n'en convenez pas, vous êtes d'autant plus malheureux que vous subissez votre mal en silence.

ANTILOQUE. — Plus heureux au contraire, Achille ; car nous voyons qu'il est inutile de le dire. Nous prenons donc le parti de garder le silence et de supporter notre destin, pour ne pas faire rire à nos dépens, comme toi, en formant de tels vœux.

DIALOGUE VINGT-UNIÈME (XXVII)
JEUNES GENS ET VIEILLARDS, TOUS MEURENT A REGRET

DIOGÈNE, ANTISTHÈNE ET CRATÈS

DIOGÈNE. — Puisque nous sommes de loisir, Antisthène et Cratès, allons nous promener jusqu'à l'entrée des enfers. Nous verrons quels sont les morts qui arrivent, et comment chacun d'eux se comporte.

ANTISTHÈNE. — Je le veux bien, Diogène, partons. Ce sera, en effet, pour vous un spectacle fort divertissant de voir les uns pleurer, les autres supplier qu'on les relâche, quelques-uns ne pas vouloir descendre, luttant contre Mercure qui les pousse par le cou, et se renversant sur le dos, toutes choses bien inutiles.

CRATÈS. — Et moi, pendant le chemin, je vais vous raconter ce que j'ai vu lorsque je descendis en ces lieux.

DIOGÈNE. — Parle, Cratès ; tu as certainement vu des choses fort risibles.

CRATÈS. — J'étais accompagné dans mon voyage d'une foule d'humains, parmi lesquels il y en avait plusieurs de distingués, entre autres le riche Isménodore, notre concitoyen, Arsace, gouverneur de Médie, et Orœtès l'Arménien ; Isménodore avait été assassiné par des brigands en passant auprès du Cithéron, pour se rendre, je crois, à Eleusis ; il gémissait, tenait les deux

mains sur sa blessure, et appelait ses enfants qu'il laissait en
bas-âge; il se reprochait son imprudence, d'avoir osé passer
par le Cithéron et les environs d'Eleuthère, lieux dont la guerre
avait fait des déserts, et de ne s'être fait accompagner que par
deux esclaves, tandis qu'il portait avec lui cinq coupes d'or et
quatre cymbes de même métal.

Arsace était un vieillard d'un extérieur vénérable. Le sujet de
ses plaintes annonçait un barbare [m. à m. *il s'affligeait en barbare*]; il s'indignait de marcher à pied et voulait absolument
qu'on lui amenât son cheval. Et, en effet, son cheval avait péri
avec lui : tous deux avaient été percés du même coup par un
peltaste Thrace, dans un combat livré sur les bords de l'Araxe
contre les Cappadociens. Arsace, comme il nous le raconta lui-
même, s'avançait loin des siens à la rencontre des ennemis ; un
Thrace l'attend de pied ferme, couvert de son bouclier; il
détourne la lance d'Arsace, et, le recevant sur sa javeline, il
perce d'outre en outre le cheval et le cavalier.

ANTISTHÈNE. — Comment a-t-il pu faire cela d'un seul coup ?

CRATÈS. — Le plus facilement du monde. Arsace fondait sur
lui, armé d'une lance de vingt coudées; le Thrace détourne le
coup avec son bouclier; dès que la pointe l'a dépassé, il met un
genou en terre, reçoit le choc d'Arsace avec sa javeline, et troue
le poitrail du cheval qui s'était ainsi transpercé lui-même par
l'impétuosité de son élan : Arsace est aussi traversé de part en
part. Tu vois comment cela se fit : ce fut moins l'ouvrage du
soldat que celui du cheval. Cependant, le vieillard s'indignait de
se voir au rang des autres morts; il voulait descendre ici à cheval.

Pour Cratès, ses pieds étaient si délicats, qu'il ne pouvait se
tenir debout, bien loin de pouvoir marcher. Tous les Mèdes sans
exception sont sujets à cet inconvénient : et lorsqu'ils descendent
de cheval, tels que ceux qui marchent sur des épines, à peine
peuvent-ils poser à terre la pointe du pied.

En conséquence, celui-ci s'était jeté à terre et restait étendu,
ne voulant absolument pas se lever. Le bon Mercure le prit sur
ses épaules et le porta jusqu'à la barque..... : et moi, je riais.

ANTISTHÈNE. — Moi, quand je vins ici, je ne voulus point
me mêler avec les autres ; et, les laissant pleurer, je courus
m'asseoir dans la barque, à la première place, afin de faire le
trajet plus à mon aise. Pendant que nous traversions le fleuve,
les uns pleuraient, les autres éprouvaient des nausées, et moi,
je me divertissais beaucoup à leurs dépens.

DIOGÈNE. — Voilà quels ont été vos compagnons de voyage, Antisthène et Cratès. Eh bien, moi, j'ai fait route, en descendant ici, avec Blepsias de Pise l'usurier, Lampis l'Acharnien, commandant des troupes étrangères, et le riche Damis de Corinthe. Celui-ci était mort empoisonné par son fils ; Lampis s'était coupé la gorge par désespoir d'amour ; le malheureux Blepsias s'était laissé périr de faim, disait-on ; on s'en apercevait aisément à son visage pâle et à sa maigreur extrême. Quoique je susse fort bien de quoi chacun d'eux était mort, je le leur demandai cependant. Et, comme Damis éclatait en reproches contre son fils : « tu as bien mérité, lui ai-je dit, le sort qu'il t'a fait éprouver [m. à m. *tu as éprouvé de lui des choses non injustes*] ; possesseur de plus de mille talents, vieil octogénaire, tu vivais dans le sein des voluptés, et donnais à peine quatre oboles à un jeune homme de seize ans ; et toi, Acharnien (il gémissait et proférait des imprécations), pourquoi t'en prendre à l'amour, alors qu'il faudrait t'accuser toi-même ? Jamais tu n'as tremblé en présence de l'ennemi, tu combattais avec intrépidité à la tête de tes soldats, et tu t'es laissé vaincre par des larmes et des soupirs. Blepsias était le premier à s'accuser lui-même de l'excessive folie qui lui avait fait garder soigneusement ses richesses pour des héritiers qui n'étaient point ses parents ; l'insensé s'imaginait qu'il ne mourrait jamais. Enfin, ils me procuraient alors un plaisir peu commun, en gémissant ainsi.

Mais nous voici déjà à l'entrée des enfers, examinons ceux qui arrivent ici. Ah, dieux ! quelle foule ! il y en a de toute espèce, et ils pleurent tous, excepté les enfants nouvellement nés ; les plus avancés en âge se lamentent comme les autres. Qu'est-ce donc ? quelque philtre amoureux les attacherait-il à la vie ? je veux interroger un peu ce vieillard décrépit. Pourquoi pleurer, mon ami, toi qui es mort dans un âge si avancé ? pourquoi te désoler de venir ici ? étais-tu roi sur la terre ?

LE PAUVRE. — Nullement.

DIOGÈNE. — Satrape, au moins ?

LE PAUVRE. — Point du tout.

DIOGÈNE. — Tu étais riche apparemment, et tu te chagrines d'avoir, en mourant, quitté de telles délices ?

LE PAUVRE. — Il n'est rien de tout cela. J'avais, lorsque je mourus, à peu près quatre-vingt-dix ans, je traînais une vie misérable, dont une ligne et un roseau étaient l'unique soutien,

J'étais d'une pauvreté extrême, sans enfants, de plus, boiteux, et presque aveugle.

DIOGÈNE. — Et quoi ! réduit à cet état, tu voulais vivre encore ?

LE PAUVRE. — Sans doute. La lumière est si douce ! et la mort est affreuse ; on ne peut trop la fuir.

DIOGÈNE. — Tu es fou, bonhomme ; et tu fais l'enfant, de résister à ton sort ; et pourtant tu es aussi vieux que le batelier ; que dira-t-on des jeunes gens, puisque des vieillards de cet âge aiment encore la vie, tandis qu'ils devraient plutôt rechercher la mort comme un remède aux infirmités de la vieillesse ? Mais, allons-nous en, de peur qu'en nous voyant rôder près de la porte des enfers, on ne nous soupçonne de vouloir nous échapper.

_____

DIALOGUE VINGT-DEUXIÈME (XXV)

LES MORTS SE RESSEMBLENT TOUS

NIRÉE, THERSITE ET MÉNIPPE

NIRÉE. — Tiens, voilà Ménippe, il va juger qui de nous deux est le plus beau. Dis-nous un peu, Ménippe, ne suis-je pas plus beau que lui ?

MÉNIPPE. — Qui êtes-vous ? Il faut, avant tout, que je le sache, ce me semble.

NIRÉE. — Nirée et Thersite.

MÉNIPPE. — Qui des deux est Nirée, et lequel est Thersite ? cela n'est pas encore aisé à deviner.

THERSITE. — J'ai déjà un avantage, celui de te ressembler ; et tu ne l'emportes pas sur moi autant que le prétendait cet aveugle d'Homère, qui, par flatterie, t'appelle le plus beau des Grecs. Moi, l'homme chauve, à la tête pointue, je ne te suis point inférieur aux yeux de notre juge. Examine à présent, Ménippe, lequel des deux tu trouves le plus beau.

NIRÉE. — C'est moi, sans doute, le fils d'Aglaïa et de Charops, « le plus beau des guerriers rassemblés devant Troie. » [m. à m. qui est venu le plus beau sous Ilion].

MÉNIPPE. — Tu n'es pas, en vérité, le plus beau des mortels rassemblés aux enfers [m. à m. tu n'es pas venu le plus beau sous la terre] ; vos deux squelettes sont parfaitement semblables ; ton crâne ne diffère de celui de Thersite qu'en ce qu'il est plus fragile ; car il est mou et n'a rien de viril.

NIRÉE. — Demande à Homère quel j'étais quand je combattais parmi les Grecs.

MÉNIPPE. — Tu m'allègues ici des rêves. Je m'en tiens à ce que je vois, à l'état où tu es à présent. Ceux qui existaient autrefois savent ce que tu étais alors.

NIRÉE. — Ne suis-je donc pas le plus beau de ceux qui sont ici, Ménippe ?

MÉNIPPE. — Ni toi, ni aucun autre. L'égalité règne aux enfers, et tous les morts sont semblables.

THERSITE. — Cela me suffit.

DIALOGUE VINGT-TROISIÈME (III)

LES HOMMES HONORENT COMME DIEUX DES CHARLATANS ET DES IMPOSTEURS

MÉNIPPE, AMPHILOQUE ET TROPHONIUS

MÉNIPPE. — Je ne saurais comprendre, Trophonius et Amphiloque, comment, étant morts tous les deux, on a pu vous élever des temples et vous regarder comme des devins, et comment les mortels sont assez fous pour s'imaginer que vous êtes des dieux ?

TROPHONIUS. — Eh quoi ! est-ce notre faute, si l'extravagance des hommes leur fait avoir de pareilles opinions sur les morts ? [m. à m. *s'ils pensent de telles choses par folie*].

MÉNIPPE. — Mais ils n'auraient pas de vous cette opinion, si vous-mêmes, pendant votre vie, vous n'aviez fait en sorte, par vos prétendus prodiges, de leur faire croire que vous connaissiez l'avenir et que vous pouviez prédire l'avenir à ceux qui vous le demandaient.

TROPHONIUS. — Amphiloque ici présent, sait, Ménippe, ce qu'il doit répondre pour sa justification : quant à moi, je suis un héros ; je donne des oracles à quiconque descend dans ma demeure. Mais il me semble que tu n'as jamais voyagé à Lébadée ; autrement, tu ne serais pas si incrédule.

MÉNIPPE. — Que dis-tu ? Si je n'ai point été à Lébadée, et si, revêtu d'une toile ridicule, tenant dans les mains un gâteau, je ne me suis point glissé par l'étroite ouverture de ton antre, je ne pourrai savoir que tu n'es qu'un mort semblable à nous, qui n'en diffère que par son imposture ? Mais apprends-moi, je

t'en supplie par ton art prophétique, ce que c'est qu'un héros ;
je l'ignore.

TROPHONIUS. — C'est un composé de l'homme et de la divi-
nité.

MÉNIPPE. — Qui n'est, comme tu le dis, ni homme ni dieu,
mais tous les deux ensemble. Où donc s'en est allée ta moitié
divine ?

TROPHONIUS. — Elle rend des oracles en Béotie, Ménippe.

MÉNIPPE. — Je ne comprends pas ce que tu veux dire : mais
je vois bien clairement que tu n'es, au total, qu'un mort [m. à
m. *un mort entier*].

_____

DIALOGUE VINGT-QUATRIÈME (VI)

IL EST JUSTE QUE LES JEUNES MEURENT AVANT LES VIEUX
DONT ILS CHERCHENT A CAPTER L'HÉRITAGE

_____

TERPSION ET PLUTON

TERPSION. — Est-il juste, Pluton, que je meure à trente ans,
et que Thucrite, à plus de quatre-vingt-dix, vive encore ?

PLUTON. — Très juste, Terpsion, puisqu'en vivant celui-ci ne
souhaite la mort d'aucun de ses amis ; au lieu que toi, dans
l'espérance d'être son héritier, tu n'as cessé de lui dresser des
embûches, [m. à m. *tu lui dressais des embûches pendant tout
le temps.*]

TERPSION. — Mais ne fallait-il pas qu'un vieillard, qui ne peut
plus user de ses richesses, sortît de la vie, et cédât la place aux
jeunes gens ?

PLUTON. — Tu fais là de nouvelles lois, [m. à m. *tu légifères
des choses nouvelles*], Terpsion. Il faudrait, à ton compte, que
celui qui ne peut plus employer ses richesses à se procurer des
plaisirs, quittât la vie. Mais le Destin et la nature en ont autrement disposé.

TERPSION. — Et c'est de cette disposition même que je les
accuse. Il faudrait que les choses se fissent avec un certain
ordre ; que le plus vieux mourût le premier ; après lui, celui qui
est le plus âgé, et ne pas tout bouleverser, ne pas laisser vivre
un vieillard décrépit, qui n'a plus que trois dents, qui voit à
peine, qui s'appuie, pour marcher, sur quatre esclaves, dont le nez
distille une roupie continuelle, et dont les yeux sont remplis de

chassie [m. à m. *plein de roupies quant au nez et de chassie quant aux yeux*], insensible à toutes les voluptés, un sépulcre animé, l'objet des risées de la jeunesse, tandis que les plus beaux, les plus vigoureux jeunes gens meurent ; c'est faire remonter les fleuves à leurs sources. Du moins faudrait-il que l'on sût quand chaque vieillard doit mourir, afin de ne pas faire inutilement la cour à certains d'entre eux. Ah ! c'est bien à présent le cas du proverbe : le chariot traîne les bœufs.

PLUTON. — Cela se fait, Terpsion, avec bien plus de sagesse que tu ne penses. Pourquoi désirer avec tant d'ardeur le bien d'autrui ? Pourquoi intriguer auprès des vieillards sans enfants, dans le dessein de vous faire adopter par eux ? Aussi provoquez-vous le rire quand on vous enterre avant eux ; cela cause à tout le monde un plaisir extrême ; et plus vous avez fait des vœux pour la mort de ces vieillards, plus on a de plaisir à vous voir mourir les premiers. C'est un art tout nouveau, et dont l'invention vous est due [m. à m. *vous avez inventé cet art nouveau*], que cet amour qui vous transporte pour les femmes surannées et les vieillards, surtout quand ils sont sans enfants ; car ceux qui en ont ne vous paraissent nullement aimables. Mais il y a maintenant beaucoup de vieillards auxquels la scélératesse de votre passion est connue, et qui, ayant des enfants, feignent de les haïr, afin d'avoir, eux aussi, des amoureux ; par la suite, on voit exclus de leur testament ces vils flatteurs, qui, depuis longtemps leurs servaient de satellites : [m. à m. *les ayant-porté-la-lance depuis longtemps*] : l'enfant et la nature restent maîtres de tous les biens, comme il est juste, et tous ces imposteurs grincent des dents de se voir ainsi dupés [m. à m. *grincent des dents ayant été mouchés*]..

TERPSION. — Ce que tu dis est vrai. Que de bons morceaux ne m'a pas engloutis ce Thucrite, qui semblait toujours sur le point de rendre l'âme ; et qui, lorsque j'entrais chez lui, gémissait et tirait du fond de sa poitrine un souple [m. à m. *exhalant quelque chose de profond*], semblable au cri plaintif d'un petit oiseau qui vient de sortir de sa coquille. Comme je croyais aussi le conduire au plus tôt à la tombe, je lui envoyais une foule de présents, de peur que mes rivaux ne l'emportassent sur moi en magnificence ; et souvent je passais les nuits sans dormir, en proie aux soucis, supputant et classant dans ma pensée chacun des biens de Thucrite. Ce sont sans doute ces insomnies et ces inquiétudes qui ont causé ma mort. Et lui, après avoir avalé un

appât si considérable, riait l'autre jour en assistant à mes funérailles.

PLUTON. — A merveille, Thucrite ; vis le plus longtemps que
tu pourras ; moque-toi de tous les hommes de cette espèce :
puisses-tu ne pas mourir que tu ne nous aies envoyé devant toi
tous tes flatteurs !

TERPSION. — Ce serait à présent, Pluton, mon plus grand
plaisir, de voir Chariades mourir avant Thucrite.

PLUTON. — Sois tranquille, Terpsion ; et Phidon, et Mélanthe,
et tous les autres enfin, viendront ici avant lui sous le poids des
mêmes inquiétudes.

TERPSION. — C'est ce que je demande : vis le plus longtemps
que tu pourras, Thucrite.

DIALOGUE VINGT-CINQUIÈME (XXX)

LES MORTS NE SONT PAS RESPONSABLES DES FAUTES DE LEUR EXISTENCE RÉGLÉE PAR LE DESTIN

MINOS ET SOSTRATE

MINOS. — Que l'on plonge Sostrate, ce brigand, dans le Pyriphlégéton ; que ce sacrilège soit déchiré par la Chimère ; que ce
tyran, Mercure, soit étendu près de Titye, et qu'il ait, comme
lui, le foie déchiré par les vautours [m. à m. *auprès de Titye,
soit déchiré lui aussi quant au foie*]. Pour vous, hommes vertueux, rendez-vous au plutôt dans les Champs Elysées, allez
habiter les îles des Bienheureux, en récompense de votre conduite
durant la vie.

SOSTRATE. — Ecoute, Minos, si ce que j'ai à te dire ne te semble
pas juste.

MINOS. — Que je t'écoute encore ! N'as-tu pas été convaincu
d'être un scélérat, puisque tu as tué tant de gens ?

SOSTRATE. — Oui, j'ai été convaincu ; mais examine s'il est
juste aussi que j'en sois puni.

MINOS. — Certainement, si du moins il est juste de subir la
peine qu'on a méritée.

SOSTRATE. — Cependant, réponds-moi, Minos ; je n'ai qu'un
mot à te dire.

MINOS. — Parle, mais sois court : j'en ai d'autres encore à
juger.

SOSTRATE. — Tout ce que j'ai fait durant ma vie, l'ai-je fait par ma propre volonté, ou la Parque avait-elle filé la trame de mes actions [m. à m. *ou bien était-ce filé pour moi en vertu du Destin*] ?

MINOS. — Sans doute elle l'avait filée.

SOSTRATE. — Ainsi donc, nous tous, et les prétendus gens de bien et les prétendus scélérats [m. à m. *les paraissant bons et paraissant mauvais*], nous n'étions que ses instruments en agissant ainsi ? [m. à m. *nous faisions ces choses, étant serviteurs à celle-là*].

MINOS. — Certainement; vous obéissiez à Clotho, qui ordonne à chacun, au moment de sa naissance, tout ce qu'il doit faire [m. à m. *les choses devant être faites*].

SOSTRATE. — Alors, si un homme est contraint par un autre de commettre un meurtre, sans pouvoir résister à celui qui l'y oblige, un bourreau, par exemple, un satellite, qui obéissent l'un au juge, l'autre au tyran, qui accuseras-tu de l'homicide ?

MINOS. — Le juge ou le tyran, sans doute. On ne peut pas non plus s'en prendre à l'épée ; elle n'est que l'instrument de la colère de celui qui a ordonné le meurtre.

SOSTRATE. — Fort bien, Minos ; tu confirmes encore mon exemple. Mais à présent, lorsque un esclave va, par l'ordre de son maître, porter à quelqu'un de l'or ou de l'argent appartenant à ce maître, à qui doit-on en savoir gré ? qui doit-on inscrire au rang de ses bienfaiteurs ?

MINOS. — Celui qui a envoyé, Sostrate ; le porteur n'est que son ministre.

SOSTRATE. — Rends-toi donc bien compte de ce que tu vas faire, en nous punissant, nous qui avons été les exécuteurs des ordres de Clotho, et en récompensant ceux-ci, qui ont seulement prêté leur ministère à des actions vertueuses qui leur étaient étrangères. On ne peut dire en effet qu'il nous fût possible de résister aux ordres de la nécessité [m. à m. *aux choses ayant été ordonnées avec toute nécessité*].

MINOS. — Oh ! si tu y regardais de bien près, il y a bien d'autres choses, Sostrate, qui ne te paraîtraient pas plus conformes à la logique. Mais pourtant, puisque tu n'es pas seulement un brigand, mais aussi une manière de sophiste, voici le fruit que tu retireras de tes questions : Mercure, ôte-lui ses chaînes, et qu'on cesse de le punir. Prends garde cependant qu'il n'aille apprendre aux autres morts à faire de pareilles questions.

www.ingramcontent.com/pod-product-compliance
Lightning Source LLC
Chambersburg PA
CBHW061704180626
46818CB00003B/1258